JP CARÍAS CHAVERRI

TRÍO DE LOBOS

ADRIÁN, LÚMINA Y LA ASESINA DE POEMAS

casasola

Título: *Trío de lobos*
Libro 1: *Adrián, Lúmina y la asesina de poemas*
Autor: J.P. Carías Chaverri
—1ra edición, Casasola Editores 2022 ©
176 p. 5.5 x 8.5 pulgadas
ISBN-13: 978-1-942369-93-6
ISBN-10: 1-942369-93-X
Portada de Knny Reyes
Ilustración interior de Julia Quintal
Diseño y diagramación: Casasola Editores
Editado por Óscar Estrada

215 East Hill Rd. Brimfield, MA. 01010
Impreso bajo demanda en Estados Unidos.

Unión Editorial Centroamericana
© Casasola Editores
info@casasolaeditores.com

JP CARÍAS CHAVERRI

TRÍO DE LOBOS

ADRIÁN, LÚMINA Y LA ASESINA DE POEMAS

casasola

Muchos de los acontecimientos relatados a continuación son inspirados en la vida real, pero alegremente tergiversados al tenor de la inspiración literaria. Por tanto, esta obra, en su totalidad, es producto de la ficción.

Algo está gestándose
¿Otra vez?

No lo sé. Bueno sí. Pero no sé si eso que se gesta llegará a buen término. Si el parto verá la luz. Si el "producto", como les dicen a los fetos en los hospitales públicos de mi patria, logrará vivir.

Vivimos la era del Corona virus. Y aunque el encierro nuble mi esperanza, suelo preguntarme si esta pandemia acelerará los cambios sociales, como sucedió con otras pestes que acontecieron siglos atrás. Escribiendo ahora en pleno epicentro de la crisis planetaria, resulta en extremo complejo prever cualquier cosa.

Prefiero por el momento dedicarme a estas letras para aclarar la mente, engañar a la angustia. Muchos otros escribirán profundos análisis sobre las causas y consecuencias del desastre, las conspiraciones universales, la venganza de la tierra y el castigo divino.

Prefiero recopilar esos escritos que he dejado en gavetas olvidadas, afinarlos, darles nuevas formas, y por qué no, escribir algunas cosas nuevas, adicto a este vicio que me condena y me salva, perpetuando esta tradición que viene en el apellido. Configurarlo todo en un libro, o quizás tres, para continuar también con la manía de ir haciendo tríos.

Prefiero engañar a este frío sopor transfigurando el "Algo está gestándose" de mi padre, Marcos Carías Zapata, en su libro *Nuevos Cuentos de Lobos*, que parece ser el primero de los cuentos, cuando en realidad, es un texto que prepara al lector sobre lo que va a venir, escrito en primera persona y con claras alusiones a su realidad familiar y nacional.

Este cuento es en realidad una introducción analítica del entorno en el que él se encuentra, pero la diagramación, imagino, habrá confundido a más de alguno. En nuestro caso, debo aclarar que no se puede descartar que aun escribiendo como autor y no como personaje, mis dedos discurran en caminos alternos. En reuniones familiares, cuando se cuentan las anécdotas de infancia, se dará usted cuenta que cada uno recuerda las cosas como le da la gana.

Por supuesto, también hay que admitir la posibilidad de que mi padre decidiese que esta "introducción" pareciese un cuento, en una de las tantas licencias de forma que su escritura tomaba. Claro, a los lectores distraídos (como llaman los críticos a aquellos que no entienden los libros complejos) esto los pudo haber confundido, y yo... la verdad... he sido distraído toda mi vida, por lo tanto, en la primera lectura no lo tenía claro.

Mi propia madre me decía, "no sé por qué sos tan despistado" y a veces usaba el término "atarantado" cuando mi despiste resultaba en un desastre, como quebrar una botella de ron, algo imperdonable, o cargarse las porcelanas de la tía diplomática, de lo cual, sin embargo, logré echarle la culpa a mi primo menor, hijo de la misma tía, que con solo cinco o seis años no pudo articular defensa alguna, sobre todo porque de inmediato vino la respectiva cachimbeada.

Yo tendría unos ocho o nueve años cuando eso y recuerdo lo lindo que se miraba aquella colección de porcelanas de Bavaria, con un valor astronómico, imposibles de reponer, hermosamente dispuestas en las repisas de la pared de aquel elegante barcito, que se encontraba entre el comedor y la cocina. Tía, fui yo en realidad... perdóneme. Yo andaba buscando una Coca Cola, que en casa no se compraba y que no me dejaban tomar. Pues bien, logré abrir la puertecita del bar con bastante esfuerzo, corriendo el pestillo en la parte superior, que ajustado mantenía aquella barrera casi impenetrable para los infantes. O al menos para la mayoría de ellos, pero no para mí. Busqué sin éxito en las gavetas de la parte de abajo del *comptoir*, me di la vuelta aún agachado (quién sabe por qué) y al levantar la cabeza pegué con la repisa, que golpeó la otra repisa y así sucesivamente. Mi primito acudió de primero a ver qué había pasado, creo que, en realidad, preocupado por mi seguridad personal. El golpe no había sido en realidad tan fuerte, y como las repisas eran de madera, no me había causado un daño mayor en mi cabeza, ya de por sí acostumbrada a andar pegando en diferentes y variadas superficies, torpe como era. Bueno, perdón, como soy. Lo que siempre he sido es imaginativo. No tuve más que cambiarme de lugar, ponerlo a él en medio de las porcelanas quebradas y señalarlo con el dedo, justo en el momento en el que la empleada y mi tía llegaban al lugar alertadas por el escándalo.

Mi acusación no pudo ser más oportuna, porque ya desde muy niño mi primo presentaba los mismos síntomas de distracción, pero mucho más agudizados que los míos. Fue como acusar al hermano gordo de comerse todo el pastel, al empleado recién salido de la cárcel de robarse los 10 pesos que no cuadran en el cierre de la caja registradora de la tienda, al cuñado borracho de chuparse la botella de Cinta Negra. Fue como señalar al político de corrupto, al militar de asesino, al revolucionario del vergueo, al cura de pedófilo. Facilito.

Y hablando de curas, recuerdo aquella historia ocurrida unos años después, de un cura que le dijo a mi tío que mi primo era retrasado. Ahora dirían *persona con habilidades cognitivas diferenciadas*, pero en aquel momento de la historia decían sencillamente *retrasado*, porque las distracciones de mi primo se continuaron manifestando de distintas formas, incluida la escuela.

"Debe tener razón este cura. Este güila no puede pasar segundo grado… solo desastres hace. Solo acordate como te quebró las porcelanas", le decía mi tío a mi tía, después de recibida la noticia. Palabras que años más tarde mi tío se tragó con mucho orgullo, contándome él mismo la historia, muchos años después, viendo a mi primo finalizar sus estudios universitarios.

"Si tío. Mi primo es súper inteligente, solo que es un poco torpe con las manos, me acuerdo de las pobres porcelanas de mi tía, que tristeza como se las rompió", le dije, porque confesarle que había sido yo el autor del porcelanicidio al tío Ogro, de casi dos metros de alto y unas 260 libras de peso, hubiese equivalido a la muerte.

Y no sé si lo hizo, pero yo que mi primo, unos años después, le hubiese ido a tirar en la cabeza a aquel cura una copia de su tesis de su maestría en Derecho Internacional, que con lo grande que era, ambos la tesis y mi primo (porque él heredó las dimensiones del papá), seguro que el curita se hubiese ganado un buen sopapo.

Así que no me mal entiendan, "distraído", no es algo negativo, no es una clasificación demeritoria. Uso este ejemplo para ilustrarlo. Se puede ser distraído en el mundo físico y complejo en el literario, como mi primo.

O bien, como es mi caso, un total atarantado en ambos entornos. Es nada más una condición. Simplemente se lee de una forma distinta. Así como se camina y se anda por el mundo de una forma diferenciada, unos ordenadamente caminando y otros botando botellas y colecciones de porcelana.

En este momento confesar aquella falsedad no puede ser más oportuno. Mi tía ya está muerta, y mi tío evidentemente que también. Dirá usted que es muy conveniente, hasta cobarde, peor que el asesino de Jesse James, pero hay que creer algo en esta vida y después dejar de creerlo, cambiar de credo y si te da la gana volver al original, y después volver a creer en otra cosa o en nada. Quiero creer entonces que ella está en el cielo perdonándome con una sonrisa amplia en los dientes que no es más que una mueca histérica de encubrir las ganas de darme dos tortazos…

Y lo digo por experiencia, porque muchos años después, como estudiante universitario, en la casa de mi prima, la hija de la tía diplomática, que heredó la afición por las porcelanas, y varias de sus colecciones, también me cargué un jueguito de figuritas, bellamente dispuestas en un esquinero… y mi prima me decía ante mi enorme vergüenza, con esa sonrisa nerviosa de oreja a oreja "no te preocupes, no pasa nada, no pasa nada, yo esto lo pego con goma loca" mientras recogía los innumerables pedacitos de las figuritas, que ni los excavadores de las ruinas mayas podrían juntar.

Y bueno, si mi tía quisiera ver satisfecho su deseo, compartido tiempo después con su hija, mi adorada prima, de darme dos tortazos, puede pensar usted que no tendría más que decirle a mi madre.

Pero era ella una tía alcahueta (e igual la hija), que si la situación hubiese ocurrido en vida, la confesión me refiero, lo más probable se hubiese callado. Mi tía no me habría querido exponer, no sólo a la sopapeada, sino además al demoledor juicio crítico de mi madre que ha de acompañarlo a uno toda la vida.

Pensará entonces usted que lo peligroso es que mi madre se dé cuenta y que con estas palabras me estoy lanzando al paredón. Bueno, resulta que mi madre supongo estará en el *Resort* Las Nubes con mi tía bebiéndose una cerveza, un wiski o lo más probable, un pisco, afición que mi tía adquirió en su tiempo de diplomática por el Perú, y la verdad que los piscos sours le quedaban de película. Entiende usted entonces que sufro de una cobardía esférica. Por donde me mire, soy cobarde.

Pero regresando a la obra de mi padre, que quizás usted se habrá enterado, también está en el *Resort* Las Nubes (aunque supongo que habrá pedido un cuarto aparte porque de mi madre ya estaba divorciado, oficialmente, unos 30 años antes de morir), no sé si usted podrá ser catalogado un lector distraído o no, en función de su capacidad de leer y entender, disculpe la rebusnancia, *Una función…* (déjemelo ahí pa simplificar, porque además siempre tengo duda de cómo se escribe). O puede ser medio distraído o un cuarto. No lo sé. Pero el hecho es que esta obra cumbre de don Marcos… Ok, voy a poner el nombre completo: *Una función con móbiles y tentetiesos…* nunca la entendí a cabalidad, desde su título en el que mi señor padre decide colocar con *b* de burro, pero con acento "móbiles", algo que se explica en la primera página en la que se ofrece la definición de "mobiles" del *Random House Dictionary*.

Así que me declaro en forma solemne un lector distraído. Hasta ahora, que él ha muerto, he iniciado segundas lecturas de sus obras y empiezo a entender lo magistral de su escritura.

Y me siento un poco raro llenándome la boca, o los dedos en este caso, hablando bellezas de mi padre. ¿A cuál hijo no le gusta eso? Mi objetividad puede estar nublada, pensará usted.

Tendrá que leer alguno de sus libros para saberlo. Pero al margen de ello, lo único que quiero decir es que ser un lector distraído no tiene nada de malo. Para gustos hay colores y si prefiere escritura menos compleja, pues, adelante.

De hecho, por mi parte he disfrutado enormemente otros libros de don Marcos, escritos con menor complejidad, como *El Ángel de la Bola de Oro* (que hay algunos que dicen es una versión light de *Una Función* ubicado en San Pedro Sula en lugar de Tegucigalpa) o bien, sus obras de historia como *De la Patria del Criollo a la Patria Compartida*, así como *Vernon & James*, que sigue la tradición biográfica de Plutarco de *Vidas Paralelas*.

En fin, lo importante es que lea algo, porque además ahora

cada vez se lee menos y esa es la génesis del calentamiento global y del Corona virus. Sí… no se quede ahí con cara de sorpresa, pensando que ya me dio el atarantamiento. Menos lectura, más ignorancia, más negación sistemática a la razón y a la ciencia, ergo, calentamiento global y Corona virus. No le den más vueltas a la ecuación. He dicho.

Y bueno, de regreso a la lectura, si lo complejo es su preferencia, puede que mi estilo le parezca atrozmente sencillo, porque de mi padre habré heredado la apariencia, pero no lo laberíntico. Y entiéndanme también que "laberíntico" dicho esto no como un calificativo negativo, porque habrá a algunos que le encanten los laberintos y a otros que no.

Por mi parte, detesto ver dos veces una película o leer dos veces un libro, y eso de estar perdido en una ciudad nueva no me parece divertido ni emocionante. En una segunda lectura me pongo a pensar el tiempo que estoy perdiendo y que pudiese usar en leer otro libro o ver otra película. Y no piensen que soy un ávido lector o un cinéfilo consumado. Al contrario. Mi hermano lee cuatro libros en lo que yo termino uno y mi primo, otro primo no el de las porcelanas, ya ha visto todas las películas nominadas al momento de los premios Óscar (incluidas las de mejor película extranjera que nadie ha visto) y yo quizás una o dos. Y precisamente por eso, por mi lentitud, es que no concibo leer dos veces un mismo escrito, o ver dos veces una película. Solo la muerte de mi progenitor me ha hecho romper esta regla.

De hecho, lo que me inspira es su libro póstumo *Trío de Tres* que aunque laberíntico sí logré leerlo con placer, regresando varias veces en sus páginas, de principio a fin, en tiempo récord, para mis estándares, a pocos días de su muerte. Este texto ha influido tanto en mí, que hasta mi estilo de escritura ha cambiado, haciéndome espantosamente honesto. Por eso estoy aquí desnudándome, confesando algunos de mis más terribles pecados, como el porcelanazo.

Quiero decir que ya después de unas cuantas páginas (y además considerando que estoy en pleno *estriptis* emocional), me siento en confianza para tutearle. Perdón. Que fue lo que escribí: ¿Tutearle?, qué feo eso. En realidad, en mi país hablamos de vos, pero ya con unos años fuera, a veces me confundo. Que asquerosa forma de perder mi identidad. Debería decir vocearle. Entonces, vos me disculpás, pero te voy a contar... Discúlpeme, pero no puedo.

No le conozco y, por tanto, mi costumbre es seguir hablándole de usted. Además, con el voceo, el procesador de texto se confunde todo. Inclusive a personas que conozco de hace años, familiares incluidos que son de mi misma edad, les trato de Usted. Es una maña que tengo, y en mi país no soy el único, lo cual a latinos de otras latitudes, como algunos amigos mexicanos, les parece atroz.

El asunto es que "Algo está gestándose" se sitúa en 1982. Vivíamos en Los Castaños, en donde también se le dispuso un estudio, como hace referencia él al que se le construyó en la casa en el barrio El Olvido. Es por esta época de los 80, coincidiendo con la gloriosa participación de Honduras en España 82, que inicia la separación de mi madre.

Es interesante ver como mi padre se burla aquí de sí mismo en esta introducción y de su ya mencionada novela *Una función con móbiles* (¿o móviles?, se pregunta él mismo al referirse a su incomprendida intención de titular parcialmente en inglés su libro) *y tentetiesos* (pp.19).

Se devela también su sentimiento pacifista, optimista, y no revolucionario (¿no revolucionario?, hay quienes dirán qué idioteces escribe este tipo, pero por favor vuélvalo a leer antes de juzgarme). Parece adherirse a esa idea de poder arreglar las cosas "por las buenas", visible también en la *Patria Compartida*, sin dejar de denunciar la política de terror de las oligarquías, pero a la vez lo doloroso que puede ser una revolución, que parecía inminente por aquellos tiempos, y que ya había acontecido en los países vecinos (pp. 21).

Discúlpenme las citas y el estilo periodístico de este relato, pero al final solo soy un reportero superado, que realizó algunos pininos en investigación científica. Literatos mi padre y mi abuelo, yo solo cuento cuentos, y será un privilegio que lean estás historias que quiero llamar *Trío de Lobos*, porque vienen también marcadas por mi abuelo, muerto en 1949, cuando mi padre tendría unos 11 años, los mismos años que tenía yo en 1982 cuando mi padre escribe sus *Nuevos Cuentos de Lobos.*

"Y se van a gestar estos nuevos cuentos a partir de una frase contenida en aquellos, literalmente, como de padre a hijo" (pp.12). Ahí recibe el balón y después pasa la pelota cuando dice; "hijos que ya crecieron y nuevos hijos, que también serán forjadores de cuentos y de realidades" (pp.24), y el balón ha quedado rodando desde entonces... Que tremendo ultimátum que jamás me dijo en persona.

Supongo, por mi corta edad en aquel momento, que lo escribiría por mi hermano mayor, y alguna de mis hermanas, porque al final pone "hijos" marcándonos a todos, porque el lenguaje feminista todavía no estaba de moda.

Y con aquella sentencia viene el relativismo de mi abuelo, presente también en mi padre, dejando entrever un presunto agnosticismo del cual también se burla (pp.22 y 23), con su sentido filosófico de la realidad (¿y si todo esto es un sueño de un monstruo gigantesco que devora planetas en una lejana galaxia?, digo yo) y su visión etérea de la literatura, visible también en sus conversaciones imaginarias con Unamuno, cuando se topa con una frase del español escrita en la entrada de una biblioteca de Washington D.C.

Obviando los impertinentes paréntesis, esto ya parece una crítica literaria más que una introducción en la que quiero referirme a mi padre y mi abuelo como gestores de estos escritos, en un trío de sangre perpetuo.

Más que crítica literaria, porque suena eso pomposo y mucho más allá de mis capacidades, artículo periodístico, reportaje, boletín de prensa, *press release,* en lo que sí posiblemente adquirí alguna habilidad en esta vida.

La crítica se la podemos dejar a los críticos que quieran trapear con mi torpeza... Y esto lo escribo, no como queja anticipada o premonición nostradámica, curándome en salud, o algo por el estilo. Es simplemente una posibilidad.

El curso de la vida tiene su razón de ser y cuando los padres mueren los hijos, en cierta forma, regresamos a ellos, quizás para poder perpetuar lo que somos, como familia. Es un impulso común. A veces se cumple, a veces no. Como la muerte de mi abuelo fue temprana, mi padre se interiorizó en él de tal forma que inclusive editó sus obras póstumas. Y ahora, con la muerte de mi padre, la pluma me llama de manera enajenante.

En consecuencia, siguiendo su tradición, me veo obligado a medianamente situarme en el tiempo y el espacio. Quiero decir que a mí no me han dispuesto ningún estudio, pero de todas formas hacemos la lucha. Pero en esta introducción no espere usted por favor un análisis sesudo de mi entorno. Me limitaré a realizar algunas descripciones.

Tendré que decir entonces que es el año 2021 y la segunda ola de la Pandemia nos ahoga en Montreal, Canadá, donde radico hace varios años y por lo cual me resulta arriesgado atreverme a realizar un profundo análisis de mi patria, donde según puede leerse y me relatan mis amigos, el Corona virus no ha llegado en olas, sino que ha sido un solo maremoto, en medio de un entorno de pobreza, narcotráfico, desastres naturales, desesperanza y sobre todo avaricia interminable de los que tienen, en detrimento de los demás.

Creo que como periodista adopté los conocimientos necesarios para poder decir cosas pertinentes, pero de eso ya hace algún tiempo, y por ello temo caer en obscenas imprecisiones. Claro que procuro mantenerme informado de lo acontecido en mi tierra, pero aprecio mucho el contacto personal y el seguimiento diario de la realidad para realizar valoraciones.

A la vez, la teoría de la comunicación siempre me alimenta y ha sido inquietante ver como otro tipo de virus ha corrompido las redes informativas, sobre todo ahora que vivimos en una etapa de transición entre las plataformas tradicionales y el Internet, en donde los engaños, los bulos (como le dicen los españoles), el *phishing*, han logrado un nivel de sofisticación supremo, divulgando teorías de la conspiración y entorpeciendo las instrucciones pertinentes para reducir la velocidad de propagación de esta pandemia iniciada en un mercado de Wuhan en China, invadiendo prácticamente todo el mundo, matando a millones.

No solo se trata de inventar historias, sino que, por ejemplo, comunicados oficiales verdaderos han sido marcados como falsos y de esta forma neutralizan su misión primigenia. Doctores con credenciales dudosas aparecen todos los días en las redes sociales con remedios milagrosos para detener el virus, recordándome a aquellos mercaderes que se montaban en los buses de ruta de Centroamérica vendiendo pomadas o jarabes, que servían para los hongos, las hemorroides, la artritis, el cáncer y que curaban de tajo la impotencia.

Lo falso muta en verdad, y lo cierto en falsedad, al tiempo que se resucitan las más complejas extravagantes teorías de conspiración, desde la supremacía corporativa, la lucha por el liderazgo mundial, el racismo oriental y por supuesto la invención fraguada en un cementerio de Praga.

Porque siempre viene la cuestión de si el Internet ha resultado en una liberación o en un libertinaje. Tal vez sea un poco de los dos. Cuando la prensa emergió en la primera mitad del siglo XIX ocurrió un proceso similar. Por supuesto, siempre está el tema del control, porque comunicación y control están íntimamente ligados.

Y está claro que el control de los medios busca el control de la gente. La historia nos da algunos ejemplos significativos. Cuando los conquistadores descubrieron que los Mayas contaban con medios de comunicación portátiles, en una especie de libros finamente elaborados a partir de las cortezas del árbol de ficus, no dudaron en quemarlos inmediatamente, para evitar que la palabra Maya siguiese circulando en un nuevo mundo del cual querían apropiarse, aunque al final el nuevo mundo, en cierto nivel, también se apropió de ellos.

Pero ahora vivimos en una coyuntura especialmente curiosa donde el control es especialmente difícil. Y tomen la palabra control también desde su óptica positiva. Es decir, hay que considerar que actualmente se usa la mentira para insertar agendas, con un nivel de sofisticación mucho más elevado del que se utilizaba con los medios masivos tradicionales y, por lo tanto, mucho más difícil de detectar. Aquellos globos sonda de los años 90, o las cajas chinas de la primera década de este milenio, no eran tan complicados de identificar, con la habilidad necesaria.

La evolución de los medios es progresiva, así como el de las sociedades, y estos procesos son difíciles de apreciar cuando estamos envueltos en ellos. Siempre se necesita cierta distancia, 40 o 50 años, decía mi padre.

Quizás he divagado en exceso en la cuestión comunicativa. Perdón si les he aburrido con ello. Pero lo cierto es que es la mejor descripción de mi entorno que puedo hacer, ya que en este tema me siento, aún, con las credenciales necesarias. La torpeza comunicativa de varios gobiernos me ha resultado indignante, haciéndome reflexionar al respecto.

Por cierto, me resulta curioso que mi padre especula también sobre los medios y sus efectos (pp.12), y como hay generaciones hijas del cine y otras de la TV. Devela su afición a Woody Allen, cuyo maestro Lenny Bruce, un tiempo expatriado de la comedia americana como paria, es reivindicado después por *Mrs. Maisel* que admiro por estos días en streaming. Me viene de improviso el sentimiento que mi madre, también aficionada de Allen, hubiese gozado con esta serie, porque además adoraba a Monk, que aparece como padre de Mrs. Maisel.

Así, igual, mi padre menciona a Libertad Lamarque, argentina consagrada en el cine mexicano (pp. 12) y sus *Besos Brujos*, que se estrenaban en aquel tiempo en los que mi abuelo escribía sus *Cuentos de Lobos*, y luego Libertad se traspasa a la TV a la telenovela *Soledad*, que aparece cuando mi padre escribe sus *Nuevos Cuentos*, y mientras releo "Algo se está gestando", viene mi hija y me cuenta que ha decidido hacer su tesis en "la trasposición del melodrama mexicano del cine a la TV y a Netflix".

Una cosa así solo me había ocurrido cuando leyendo *Un Mundo Feliz* de Aldous Huxley empecé a encontrar similitudes con el casete de Iron Maiden que escuchaba al mismo tiempo, *Brave New World*. Se me ocurrió ver el nombre original en inglés del libro en la contratapa de este y *boom*… era *Brave New World*. Me quedé unos minutos reflexionando, igual que me quedé ahora que mi hija me dice su tema de maestría, mientras yo leo justamente sobre un ejemplo de su mentada transposición.

"Tengo que comprar la lotería o escribir un libro", me dije de inmediato. Y como nunca he creído en la lotería, por mi inveterada mala suerte, por la que solo he ganado algo en rifas arregladas (precisamente por la tía alcahueta y diplomática) pues aquí estoy.

Y ahora que menciono a mi hija, no piense usted que quiero aquí trasladar la tradición, o la maldición, porque mucho tiempo se invierte y poca plata te deja esto del asunto literario… Perdonen el materialismo, pero las gratificaciones espirituales o intelectuales, me resultan escasas para mis vástagas… quiero para ellas más de lo que yo he tenido, aunque en realidad no me quejo. El asunto con la literatura no es lo poco que paga en nuestras naciones, sino el tiempo que se invierte en ella.

Me disculpa Usted un segundo que necesito dirigirme a otro interlocutor: ¡¡¡Papá!!!, de dónde te salió escribir eso de "hijos, que también serán forjadores de cuentos"… me fregaste. Discúlpame. Es cierto que me recuerdo escribiendo poemitas desde mi más tierna infancia, desde los ocho o diez años probablemente. Nunca nada bueno, pero no sé si eso es suficiente para marcarlo a uno de por vida.

Recuerdo haber encontrado fantásticos cuentos escritos por mi hermano en cuadernos, los cuales no entiendo por qué nunca ha publicado (tengo que decir que mi hermano es el primer cuentista que leí en mi vida).

Estaban celosamente escondidos y eran muy privados, pero a mi escrutinio nada escapaba. Tenía incluso la habilidad de registrar hasta el último rincón de una habitación y dejarlo todo exactamente igual, sin rastro. Agente de la CIA tuve que haber sido.

También recuerdo que cuando una mañana llegaron a casa paquetes de tus libros, Papá, creo que era el de Ramón Rosa, y que hojeando las primeras páginas entendí que mi padre era escritor, porque la verdad nadie me lo había dicho. Para mí, mi padre era profesor. Me dio mucha cólera. Porque me había cruzado la idea de ser escritor y bueno me dije algo así como "no puede uno escoger una profesión porque alguien de la familia ya lo ha sido".

Regresando a Usted, ya que ha sido testigo de mis quejas póstumas a mi padre, puedo contarle que precisamente esto fue lo que me empujó a ser periodista, porque todas las demás profesiones interesantes y al alcance de mis capacidades ya estaban tomadas.

Me encantaba la historia, e inclusive en una ocasión dije que planeaba estudiar historia en la universidad al terminar mi secundaría. A mi madre le brillaron los ojos de la emoción. Yo era su última esperanza, siendo el menor de cinco, habiendo todos los demás tomado otras profesiones.

Sin embargo, ante la perspectiva que mi madre, mi padre, mi padrino, mi madrina en clases generales, y la mitad de los amigos de mis padres que frecuentaban nuestra casa reconocida por sus amenas fiestas (qué fino suena eso; semejantes pachangas eran) serían muy probablemente mis profesores, entonces… cambié de idea. Sabía que las comparaciones siempre vendrían y digamos que nunca fui un brillante estudiante. No fui malo, pero tampoco excepcional.

También en algún momento me encantaba la Economía, pero el gracioso de mi hermano ya era economista, y las matemáticas me intimidaban. Qué cosa la mía no querer ser algo que otro en la familia ya ha sido. No me pregunte por qué.

Es una anatomía rebelde que cargo y que bueno… supongo que, por ejemplo, a mis abuelos maternos no les habrá caído en gracia que su hija se convirtiera en historiadora (¿y de eso cómo se podrá vivir?) cuando la norma era ser ama de casa y si acaso profesora, o a lo sumo algo como enfermera o farmacéutica.

Y además de historiadora, materialista histórica ("Esas ideas raras"). Así que esta cosa debe ser herencia. Nunca escapamos a ser lo que somos, es inevitable. Es decir, inclusive la negación a ser lo que somos es heredada.

Igual me recuerdo en mis primeros años de análisis social, escribir algo así como *Aproximaciones a una Teoría de la Relatividad Social*, y luego encontrarme en una revista editada, creo por el poeta Acosta (grande el poeta Acosta), que me envió mi padre a la casa, un texto de mi abuelo, en el que resumía bellamente en unos cuantos párrafos, las casi 20 páginas que ya había escrito.

Mi cólera fue mayor: "Puta, mierda, carajo, no puede a uno ocurrírsele una idea porque ya existe un abuelo que la ha escrito antes. No se puede", e inmediatamente subí las gradas de la casa en la que habitaba en aquel entonces en la capital, busqué en mi estudio (aquí había espacio para disponerme un estudio) y boté a la basura, mi dizque ensayo.

¿Es una reacción estúpida? Probablemente sí. Ahora he cambiado y abrigo mi herencia, sucumbo a ella y aunque lo que ha hecho mi padre es ponerme a trabajar (porque el trabajo literario es arduo e interminable), en algo que además no deja muchos réditos, he tomado la decisión de emprender este viaje.

Y por ello también he olvidado la idea del seudónimo que tiempo atrás me sedujo. Sin embargo, me parece grosero que te den ese empujón por escrito. Es decir. Haberse sentado con uno a platicar del asunto. Pero no, de eso mi padre nunca hablaba. Su creación literaria e histórica estaba desprendida de sí mismo. Y si bien alguna vez le di mis cuentos a leer (o era poesía, ya no me acuerdo), nunca me hizo un comentario negativo.

Le encantaron mis escritos y me dijo que le recordaban a mi abuelo. Tremendo piropo, que no se si lo dijo por puro amor o con verdadera objetividad. Siempre cargué con esa duda, que quedará sin solución. Pero después, ninguna pista o recomendación de cómo publicar aquella cosa. Me quedé entonces en el limbo, hasta ahora, que estoy decidido a salir de ahí, aunque aún no estoy cien por ciento seguro si lo lograré (nunca estoy cien por ciento seguro de nada, por cierto).

A mis hijas no las quiero abrumar con ninguna sentencia, aunque la menor ya me ha sorprendido con un par de bellos poemas, escritos en francés además, porque aunque habla un bello español, su escritura es la de esta tierra en la que ya ha habitado más de la mitad de su vida.

Pero en esencia, quiero decir que ellas hagan de su vida lo que les dé la gana... Porque más allá de lo monetario, no le deseo a nadie este vicio de estar prensado a la computadora toda la mañana, sin comer ni tomar agua.

Y cuando te acuestas a descansar, la mente no se detiene y me imagino estas palabras escritas, configuro sus perfiles y vertientes. Me imagino a alguien, usted, leyéndolas, si me permite, disfrutándolas, o, aunque sea entreteniéndole, en un tiempo indeterminado que puede ser un año a partir de este momento o 20 o 30.

Y sigo ahora imaginando mientras escribo, la portada del libro, su presentación, y las reacciones buenas y malas, y las insoportables comparaciones, es imposible evitarlas, si sigo hablando de *lobos* y de *tríos*.

Algo está gestándose, ¿otra vez? ¿Otra revolución?, antes del Corona virus, hubiese dicho que era un escenario improbable. Lo cierto es que he aprendido por estas frías tierras que siempre hay una revolución gestándose (y puede que una evolución social sería más inteligente). Me avisa por favor si la *criatura* por fin nace. O *criaturas*, porque puede que sean trillizos.

Montreal, enero de 2021

ADRIÁN, LÚMINA Y LA ASESINA DE POEMAS

Carmen encontró aquel fajo de papeles en las gavetas prohibidas de aquel viejo archivo de metal gris, que su padre había protegido con furioso celo, en el estudio de su casa, en su natal La Ceiba, a tres cuadras del Mar Caribe. Ordenados de acuerdo con un código que hasta el momento nadie había descifrado, estaban prensados con oxidados clips de colores, separados en fólders, entre viejas revistas de negocios y literatura, entrañables álbumes de fotos, viejos discos compactos y casetes de rock, todos ellos verdaderos artilugios de tienda de antigüedades.

Adrián Zambrano Oviedo había muerto hacía una semana a los 85 años, con una sonrisa en el rostro, rodeado de sus tres hijas y con el murmullo del mar a lo lejos, que se percibía a la perfección al abrir las ventanas en su recámara, ubicada en el segundo piso de su casa. "María, prepárate que ahí voy", fueron sus últimas palabras, con la mirada fija en el cielo, hablándole a su esposa fallecida nueve años antes.

Murió de cáncer de colon, pero por fortuna no sufrió un largo padecimiento. En el 2054 pocas personas, con los recursos necesarios para cubrir los tratamientos, morían de esta enfermedad, aun en países en evolución como la novel Federación Centroamericana.

Sin embargo, en el caso de don Adrián, aunque no le faltaban ni le sobraban los recursos, fueron tres meses fulminantes, ya que se trató de una variedad poco común de cáncer, en especial agresiva, que no respondió a los medicamentos biológicos de última generación.

Además, cuando encontraron su padecimiento ya se había esparcido por su cuerpo, atrapando su páncreas. La enfermedad se camufló entre su habitual síndrome de colon irritable que había sufrido toda su vida, lo que coadyuvó a que su detección no fuese oportuna.

"Hija… vos que sos la literata, dispone de estas cosas… a ver si hay algo que valga la pena", le había dicho unas semanas antes de su muerte, entregándole las llaves en su mano, entre temblores y quejidos. Ella siempre supo de las aficiones literarias de su padre, pero por alguna incomprensible razón, él jamás había publicado, a pesar de que era conocida su buena pluma en el ámbito profesional.

De hecho, fue en extremo reservado para mostrar sus escritos a cualquier persona. Sólo había unos pocos amigos y amigas, entendidos del mundo literario, a los que había enviado copia de sus cuentos, o poemas, o novelas.

Nadie en la familia sabía en realidad qué era lo que escribía. Esa afición empezó a ser conocida desde sus primeros años de matrimonio, cuando contaba con apenas 24 o 25 años. Y una hermana por acá o un primo por allá había escuchado a alguno de estos especialistas hablar de su producción literaria como muy prometedora, y en ocasiones se mencionaba una publicación por concretarse en el futuro inmediato.

Todavía a los 50 años los escritos de don Adrián continuaban siendo prometedores, por lo que en alguna ocasión que alguien mencionó el tema en el tradicional almuerzo de los domingos, respondió refunfuñando y pidió que por favor que de "eso" no se volviera a hablar.

La presión por publicar algo trascendente fue para su padre un enorme grillete que arrastró buena parte de su existencia. El abuelo de Carmen, Adrián Zambrano Díaz, fue un literato consumado con casi 20 publicaciones, quizás uno de los más importantes en su país de la segunda mitad del siglo XX y su bisabuelo, Adrián Zambrano Castillo, fue también escritor mencionado como uno de los más connotados en la nación de la primera mitad del siglo anterior.

Por lo tanto, había muchos que esperaban que se repitiera en don Adrián Zambrano Oviedo aquella tradición familiar que venía con el nombre. En consecuencia, abrir aquellas gavetas era para Carmen toda una revelación.

Carmen encontró tres grupos de papeles, en tres gavetas distintas, todas cerradas con llave. Algunos textos se confundían unos con otros. Sobre todo aquellos que no estaban engrapados, y que más parecían obras en proceso de creación, se traspapelaban con aquellos que aparentaban ser versiones finales, pero que igual tenían siempre algunas anotaciones. La primera labor, fue tratar de ordenarlos.

Graduada de estudios hispánicos, con una maestría en literatura latinoamericana y una sólida carrera como traductora y crítica literaria, Carmen se sintió alentada a revisar los escritos de su padre que, en un primer vistazo, parecían más diarios personales que obras de ficción. Decidió comenzar con las hojas agrupadas con clips rojos, el color preferido de su madre.

Mujer innombrable

18 octubre de 1994

De esta forma inicio este diario para ti, amada mujer innombrable. Un diario, cuya finalidad no es perpetuar sucesos o acontecimientos, como un diario convencional. Este escrito pretende, nada más, dejar grabados en el tiempo sensaciones y sentimientos. Porque, hay que decir, que todo en ti y en mí es fervorosamente artístico, poético, idílico. Todo en nosotros es como un poema de ironía, es como una novela de amor, con un triste final escrito en la primera página. Es un cuento en el que los personajes no pueden ser configurados al perceptor, como si fuese una abstracta tragedia griega. Y es que no poder nombrarte hace todo más hermoso. No poder nombrarte empuja al indómito anonimato a que nos bese con desenfreno, con besos como estrellas fugaces que cruzan un cielo vespertino, mientras nosotros levitamos en una felicidad clandestina, pero al final felicidad, que dejó de ser contigo, amor, una utopía.

Justo cuando nos sentíamos estafados por el destino, engañados por esta sociedad enferma y carcomida. Cuando pensábamos que el amor sólo era una reacción química excesivamente idealizada, usada como el pretexto perfecto para el apareamiento y el consumo. Justo en ese lapsus, nuestros destinos y luego nuestros labios se encontraron. Y después de aquel primer beso, mi mente repetía con obstinación, "esto debe ser un sueño", mi mente repetía eso, en un *looping* interminable, con tu corazón palpitando junto al mío, en aquel primer abrazo. Aún ahora, insisto a veces en suponer que la realidad me tiende una broma.

05 de enero de 1995

Convencido de esta clandestina realidad a tu lado, de vacaciones a más de 900 kilómetros de casa, trato de buscar en mi interior el instante exacto en que me enamoré. Es posible que no lo encuentre, aunque redimensione con pulcra exactitud, cada pequeño espacio de tiempo en el que hemos estado juntos. Estoy contigo en la distancia, lo percibo con perfecta claridad... y casi quisiera hablarte para saber si tú estás conmigo. Le apostaría mi alma al diablo por eso.

Y no es que mi alma me importe una coliflor, un rábano o un pepino, es que percibo la intensidad de nuestros sentimientos en tu mirada, gravitando en mi recuerdo, abstracta y reminiscente. Esa certidumbre de que el pensamiento, el tiempo y la distancia son la misma cosa, me inunda cada vez más. Porque ya te añoro cuando te veo, ya te extraño cuando te beso, para que la ansiedad me atrape, con su obscena calma, cuando ya no estás conmigo.

06 de enero de 1995

Engaño a todos fingiendo un bestial dolor de cabeza y yazco solo en la habitación de este distante hotel, extrañándote, como un drogadicto en plena desintoxicación. Siento mi mente como un laberinto indescifrable y mi corazón, una nube cautiva en un orgasmo. Entierro entonces sobre tu nombre las cenizas de mis ansias y absorbo el letargo de mi desesperanza.

Duermo un poco para encontrar sosiego y sueño que nos inventamos, con tal frenesí, que las sonrisas se caen de los rostros. Con incomparable furor, que el frío se retuerce de calor en su guarida. Me despierto a media noche y luego de soñarte fantaseo que nos consultamos en un diccionario, en un ordenador y entiendo al fin el significado de nuestros arquetipos colgados frente al espejo.

15 de enero 1995

Al regresar a casa y encontrarnos en nuestro secreto rincón, me veo mientras nos averiguamos uno al otro, sentenciándonos a vivir juntos con este *psico*amor, que traspasa los sentidos y las palabras.

16 de enero 1995

En la mañana desperté resoplando tu nombre a la almohada. Como si pensase que fueses imaginaria. Afuera, canciones conspicuas tronaron a los árboles y pájaros rapaces cantaron sus alabanzas.

Después, mirándote a los ojos, te oí pensar sobre el ocaso de los tiempos y sobre el advenimiento de la verdad absoluta, que no se debe buscar, porque es muy dolorosa. Nos levantamos y te miré sonando en tu canción.

Salí a comprar el desayuno y caminando por las calles de este cerro de plata, siempre con el miedo penetrante de ser reconocido en un lugar incorrecto, caigo en cuenta, mujer innombrable, que tu olor está grabado en mis pestañas como en un disco duro de triple densidad.

17 de enero 1995

Después de nuestro reencuentro, de regreso a nuestras respectivas y separadas cotidianidades, entendí que con este idilio he promovido mi alma a la insurrección, he volado por innombrables placeres, hasta desaparecer en ti, dejando de ser yo y vos dejando de ser vos, para crear algo nuevo.

Pero, alejado de tu embriagante influencia, alcanzo a tener un momento de reflexión y me pregunto: ¿por qué mi terquedad de amar lo imposible? Me aferro a ideales perdidos hace años y teorías inexistentes. Sufro y lloro por cuentos y poemas que no he escrito e historias que sólo imagino.

Tengo vicios extraños de hacer odio o ira, sólo por placer, y manías obsesivas de hacer gritar a las mujeres, por razones enormemente diversas. Pertenezco a una generación que nunca nació, de hombres que no tienen religión, ni culto, ni doctrina. Y para cerrar este enorme círculo de imposibles, amo, hasta el tuétano, a esta mujer innombrable.

25 de febrero de 1995

Después de varios meses siendo uno mismo, decidiste escindir nuestros lazos. Entonces, justo cuando todo termina, me desdoblo perfilando un futuro imaginario que es demasiado bello para ser real: Vivir contigo, vivir en ti, comer y nacer de ti. Devenir, ahora imposible, que se encarcela en tus angustias y en las mías, porque nuestro tiempo no existe, y sólo robamos pequeños espacios de aquí y de allá.

Para ti eso no es suficiente y por eso me miraste con decisión y me dijiste adiós. Abro la persiana veneciana de mi oficina, queriendo encontrarte tras la ventana, regresando arrepentida, pero sólo encuentro un pasillo oscuro y desolado.

30 de marzo 1995

Hablo con mi muerte de ti, hermosa mujer innombrable. Mi muerte tan burda, no alcanza a explicarme por qué me desquicio por tu mirada. Mi muerte, que es como un sorbo oscuro de negrura, una quietud infinita, esa muerte que parece una oscura lágrima que cae del rostro del monstruo que nos sueña.

Mientras trato de olvidarte, prendiéndome de la caja ideotizante, navegando por acordes metálicos y leyendo de un niño que nace en el lugar más inmundo del universo, me transformo con lentitud en un enajenado, en un esquizofrénico, paranoico, neurótico y psicótico, en un enfermo de un mal terminal cuya única cura son tus besos.

15 de abril de 1995

Con esta desolación probé los sabores del silencio en la punta del cerro de plata. Llamé al satélite hertziano para informar que perdí mi corazón y mi alma. Escuché los llamados en el aire para mi corazón perdido y mientras vi caer una hormiga suicida, vos, hermosa mujer innombrable, tocaste mi puerta pendenciera, cargando en tus manos mi órgano palpitante.

"Encontré tu corazón", me dijiste con voz penetrante y colorida. Y entonces... lo imposible fue posible, lo impensable fue pensado, y así me quedé sembrado en tu espíritu, me quedé pintado en tu alma.

7 de junio de 1995

Intuir el ascenso de un lucero y sentir un meteoro en mi espalda, mientras olvido mi oscuro camino y busco los reflejos de mi alma. Ahora un arcángel también llena mi mundo, habla e inventa estridentes cuentos, como yo lo hacía con mis reflejos. Así quiero escribir desnudo en la azotea, bailar como fantasma, atreverme a dejar las cadenas, hablar de este amor, mujer innombrable, que da sentido a mi existencia.

21 de junio 1997

Pero siendo ahora la mujer innombrable sólo una incógnita en este mundo de papiro, la paz y el sosiego de vivir a la luz, fuera de los subrepticios mundos de la mentira y el descaro, me entregan nuevos momentos de reflexión existencial.

Pienso, entonces, si podemos sacrificar la estirpe de un bastardo, en una eyaculación precoz. O inmolar la veloz carrera de la modernidad en una mirada al horizonte. O bien, dejar de lado al bendito progreso con un pensamiento intransigente. Sacrificar, en definitiva, nuestra maniática forma de vida en una trascendental metáfora.

Y después del sacrificio, el perdón... la clemencia para el juez por perdonar al asesino, la indulgencia al político por perdonar al torturador, disculpar al sol por salir tan temprano y el perdón para el consumismo aniquilador.

Y tras el perdón, la redención... de un náufrago en el desierto, de un rockero con un violín, del violín con el rockero y de la espina con la flor. La redención de la T.V. con un poema imperturbable, de una vida miserable en una muerte digna, y la suprema redención, mujer innombrable, con esa música que crece en tu vientre.

*

Carmen se detuvo en la última frase y recordó que su padre siempre le decía que ella era la música de su vida, por su manía de pasar cantando todo el día. Revisó la fecha, espantosamente cercana a su nacimiento, y comprendió que se refería a ella. Pero a la vez reflexionó, que lo más probable su padre escribió aquel extracto muchos años después y en la obra le modificó la fecha, porque en 1997 era imposible que supiera de su afición musical.

De pronto recordó su segundo nombre, que nunca usaba; Cecilia, la santa de los músicos. Se estremeció y comenzó a llorar. Esta casualidad incomprensible le provocaba un profundo ahogo, una opresión dolorosa en el pecho, al tiempo que se recriminaba haber abandonado a su padre estos últimos años y haberle dejado la mayor parte de la carga de sus cuidados a su hermana mayor, Leticia.

Hacía muchos años la familia Zambrano había emigrado a Canadá, pero al cumplir doña María los 70 años, sus padres decidieron volver a su país natal. "No aguantamos el frío y esa papada de vivir un tiempo aquí y otro allá ya nos cansó," dijeron poco antes de mudarse. Ella y su hermana menor, Adriana, se quedaron viviendo en Norteamérica, donde habían echado raíces.

Sabía que existían muchos familiares y amistades que remarcaban la ironía que Leticia no fuese hija de su padre, sino solamente de su madre, y fuese ella la que mayor dedicación había demostrado en los años finales de don Adrián.

"No te preocupes oguga yo lo cuido. Ni modo, a mí me toca, yo soy la que está acá", le dijo Leticia por videollamada, cuando Carmen le preguntó si necesitaba su presencia, meses e inclusive años antes de su muerte. Al final alcanzó a llegar tres semanas antes de su fallecimiento. Lo encontró consciente y pudo despedirse en forma apropiada.

La hermana mayor decidió regresar tempranamente a Honduras, después de realizar una maestría en diseño de interiores en Montreal. Había dejado un amor en tierras catrachas, así que, tras dos años de estudios, decidió volver a formar su familia en Centroamérica. Cuando doña María y don Adrián regresaron a su país, muchos años después, se reencontraron con su primera hija.

Carmen decidió dejar a un lado el diario sensorial que suponía le traería más dolor y procedió a revisar los otros dos grupos de documentos, buscando algo que la relajara y con suerte que la hiciese reír.

Había unos con clips azules, el color preferido de su padre, y otros con clips verdes esperanza, el favorito de Andrea. De hecho, cuando vio el nombre de su hermana menor en el título de un grueso grupo de papeles con clips verdes comprendió que lo más probable aquellas hojas le depararían más llanto.

La filosofía de vida de Andrea María

Andrea María posee una fortaleza inmensurable. A los seis meses de edad sus padres observaron un extraño movimiento en sus ojos, después de recuperarse de un retrovirus criminal, de esos que pululan en los países tercermundistas. La combinación deletérea de abundante tos, secreciones a granel, vómito y diarrea la internó en el hospital.

El doctor Medina, neonatólogo y pediatra de Andrea, después de tres días creyó fuera de todo peligro a la pequeña, por lo que le dio el alta. Los padres regresaron al hospital la siguiente semana, a la consulta ordinaria, no muy preocupados por el oscilar de los bellos ojos cafés de la Andrea María, en vista que por lo demás la chiquita parecía estar ahora en perfecta salud. El padre de la niña dice que nunca olvidará el rostro de preocupación del pediatra cuando vio los ojos de la beba. Ese momento fue la frontera entre dos distintas formas de vida.

El doctor les dijo que el movimiento, llamado nistagmo, de los ojos de Andrea era horizontal y vertical por lo que podría ser que se tratara de algo neurológico. "Puede ser —les dijo —, que el virus al salir de su cuerpo afectó en forma leve la corteza cerebral, o también, podría tratarse de una reacción a alguno de los medicamentos. Sin embargo, lo mejor es no correr riesgos e ir donde un neurólogo".

Así bien, los afligidos padres, Adrián y María, junto con la bebita Andrea María Zambrano Ferrero, viajaron desde su ciudad natal en la costa norte del país a la capital y visitaron al doctor Espinoza, el segundo médico de una larga lista de especialistas que la niña ha consultado a lo largo de los años.

Espinoza hizo los exámenes neurológicos de rigor y no encontró ninguna anomalía, pero para descartar cualquier cosa prescribió una resonancia magnética.

La resonancia fue practicada en un laboratorio radiológico ubicado en uno de los principales bulevares de la capital. Centro de Diagnóstico Especializado (CDE) se llamaba aquel lugar, que, en aquellos tiempos, los inicios del nuevo milenio, aunque parezca insólito, tenía la máquina de resonancias dentro de un contenedor, estacionado frente a su edificio. Improvisadas gradas de madera condujeron a la madre y a la niña adentro de aquello que parecía una nave espacial, con la ayuda de la técnica de laboratorio, Azucena Peralta, que se dedicó largo rato a juguetear con la chiquita, antes de la sedación necesaria para poder practicar el examen de 45 minutos. El padre se quedó afuera, caminando de un lado a otro, escuchando los rugidos de la máquina.

Al día siguiente, a las diez de la mañana, llamaron al celular de la madre desde el consultorio del neurólogo indicando que los exámenes ya estaban listos y que había que ir a recogerlos a CDE para luego ir a la consulta del médico. Adrián y María empezaron a sospechar que algo estaba mal. Era muy raro que un laboratorio llamara tan rápido a un cliente avisando que los resultados de cualquier examen estaban listos y menos que llamaran primero al médico, para que éste se comunicara con los padres.

Temblorosos llegaron a recoger el enorme sobre blanco con las placas, que ojearon sin entender nada de aquellas imágenes traslúcidas, blanco y negro, las cuales con los años se convertirían en algo tan cotidiano en sus vidas.

María trató de socializar un poco con Azucena, que salía en ese momento a almorzar, pero la técnica radióloga respondió parca y en forma veloz salió del laboratorio, arguyendo un compromiso. María no vio que Azucena, al solo salir de CDE, derramaba lágrimas por esa pequeña tan inteligente y pizpireta con la que había estado jugando el día anterior. Ella nunca entendió por qué aquel caso le había impactado tanto. Ella había visto muchas cosas terribles en su carrera de tres años como técnica, pero es que Andrea María, igual que Blanca Nieves, con su tez blanca como la leche, su pelo y ojos negros como el ébano, y sus labios rojos como la sangre, tenía algo que maravillaba. Conocer que tendría un futuro lleno de incertidumbre le impactó.

En el consultorio del doctor Espinoza, el neurólogo tomó las placas, las levantó inclinando su silla y las situó a contraluz en dirección a la ventana. Leyó la interpretación realizada por el laboratorio, que encontró confundida en medio de las enormes filminas. Se dio vuelta de cara a los padres y sin verlos a los ojos les dijo: "Su hija tiene un tumor en el centro del cerebro, ubicado justo sobre lo que llamamos la silla turca. Es grande y, en esa zona, muy difícil de operar". María rompió en llanto descontrolada, Adrián se tomó la cabeza con las manos, dejando escapar frases ininteligibles que ni él mismo recuerda.

"Si pueden juntar los recursos yo les recomiendo que lo más pronto que puedan lleven esta niña al exterior. Aquí no tenemos el equipo para hacer esta operación en una forma segura."

El neurólogo no pudo aportar más información por falta de mayores estudios y prefirió no especular. Adrián dice que no recuerda nada más de aquella consulta. En cuestión de pocos minutos, salieron del consultorio y empezaron a planear cómo sacar a la niña del país.

En el camino, la madre siguió llorando y Adrián al volante del carro, hasta el momento ecuánime, no soportó más y rompió en llanto. Los papeles se invirtieron y María empezó a tratar de controlar a Adrián: "Cálmate vida, nos vamos a matar, por favor contrólate que si no te controlas a mí me va a dar algo, un derrame o un ataque al corazón".

Entonces, Adrián recobró la compostura. Con 35 años, no había llorado desde niño y no volvería a llorar hasta ocho años después. Decía que había perdido la capacidad del llanto por pura cobardía. Entonces recordó a su sobrino, Neptalí, el hijo de su hermano mayor, quien casi muere de un aneurisma, unos quince años atrás, cuando aún no conocía a María. Igual que ahora sucedería, la familia completa se movilizó para sacar al niño del país, y al final lograron llevarlo a operar a México con un famoso neurocirujano, el doctor Gómez-Peralta, el mismo que al día siguiente de la operación de Neptalí, fue llamado para tratar de salvarle la vida a un candidato presidencial mexicano a quien le dispararon en la cabeza en plena concentración política.

Adrián, envalentonado, pensó que ese camino ya lo había recorrido una vez por su sobrino y que ahora le tocaba volverlo a recorrer por su hija. Ya sabía las puertas que había que tocar y ahora con Internet todo sería aún más fácil. "Si logramos salvar a Neptalí, salvaremos también a Andrea" sentenció para sí. Pero Gómez-Peralta ya se había retirado y México, por diversas razones, dejó de ser una opción.

Tras una semana de búsqueda en distintas naciones, ya tenían cita con un neurocirujano en New Orleans, además de pasaportes, visas, boletos de avión, hospedaje en la casa de una vieja amiga de la familia (el primer ángel de una larga lista de personas que han ayudado a Andrea), y hasta algo de efectivo que la gente que llegaba a visitarlos les dejaba, diciéndoles, "unos dolaritos para que le compren algo a Andreita."

Adrián y María eran abogados en la tercera ciudad más poblada del país. Un puerto famoso por su carnaval y la producción de piña. Como abogados eran diestros en diversos tipos de tramitología y en la capital habían dejado gran cantidad de amistades tras sus destacados años de estudio y primeros pinitos como litigantes. Cuando acumularon algunos años de experiencia, decidieron volver a su ciudad natal, porque ahí la competencia era menor. En poco tiempo le fue fácil al Bufete Zambrano convertirse en uno de los más importantes de la ciudad, en un negocio de familia, en el que también estaba su tío Esteban, un abogado ya con nombre, también su cuñado, que había estudiado derecho en la capital y luego con un MBA en España y su sobrina, una novata, pero prometedora litigante.

En Estados Unidos lo primero para Andrea María fue una larga batería de exámenes, en cuenta otra resonancia, porque en la practicada en el CDE no se utilizó líquido de contraste, por lo cual era muy difícil apreciar con claridad las fronteras del tumor.

A Adrián le pareció curioso que en esta nación la metodología para la consulta médica era harto distinta que en su país. En primer lugar, el paciente y familiares casi nunca iban a la oficina del doctor. Los Zambrano primero fueron atendidos por una enfermera especializada, en un cuarto de tal vez dos metros por uno y medio, llamado "Examination Room".

Ahí la enfermera, muy amable y apacible, preguntó por toda la historia clínica de la niña, los padres, los abuelos, tíos y tías, hermanas y hermanos. Aunque Adrián y María hablaban un buen inglés, pidieron a media consulta a la amiga de la familia que les había dado hospedaje en New Orleans, Carmela Silva, que los acompañara, porque con los nervios Shakespeare se escurría del oído y de la lengua. Carmela tenía 15 años residiendo en Estados Unidos y hablaba un perfecto inglés.

La enfermera, Catherine Taylor, después del interrogatorio sentó a la niña en la camilla y continuó con un metódico examen clínico. La pequeña se puso inquieta y empezó a llorar, lo cual era muy raro en Andrea que por lo general era muy bien portada. Después concluyeron que estaba aburrida y cansada, por el viaje y el ajetreo de los exámenes, pero en el momento se imaginaron que el tumor ya estaba provocándole algún daño. No fue hasta mucho tiempo después que comprenderían que la pelota adentro de la cabecita de Andrea María golpeaba en forma muy lenta, como una gota, brutalmente constante.

El tiempo se estiró, derritiéndose, como un reloj en un cuadro de Dalí, y tras 50 minutos —que se sintieron como días de incertidumbre— apareció el doctor Barhej, un neurocirujano recomendado por varios amigos en la capital y además el jefe del departamento de neurocirugía del principal hospital en Luisiana. Su currículo era impresionante.

Barhej examinó a Andrea en el mismo pequeño cuarto. Después volvió a ver las placas, hizo varias de las mismas preguntas que ya había realizado la enfermera y por último se sentó a conversar con los padres. El neurocirujano dijo que estaba en un 99% seguro que el tumor era benigno. No necesitaba hacer una biopsia, porque ello significaría, por la ubicación del tumor, igual que operarla.

(Diálogos Adolescentes)

"Ese maje le va a quebrar el pico a Tato. No entiendo por qué insiste en darse de pijazos con ese cabrón de Haroldo, si él es un pijiador experto," dijo Ricardo, el pesimista-reflexivo.

"Es una cuestión de huevos, como plantarse frente al paredón de fusilamiento sin ponerte la capucha, viendo de frente las balas que te va a hacer mierda la cara. Y bueno, puede que no pierda la esperanza y piense que puede capearse los cachimbazos y pegar alguno de chiripa," acotó el iluso Ferrocarril Parado, llamado de cariño Ferro.

"Yo creo que hay que buscar una forma de ayudar a Tato. Ya se sabe que, si nos metemos, se meten los amigos de Haroldo y nos verguean a todos, pero algo tenemos que hacer," urgió Tulio, el solidario.

"Haroldo, toda la vida ha defendido a su primito Elena y quién se mete con él, está como en el banco que viene la reacción del otro, no sé por qué Tato lo pateó en el suelo. Que había sido *faul*, había sido *faul*. El empujón estuvo bien, es reacción natural, pero no tenía necesidad de patear a Elena ya caído, le jodió una costilla y ahora que se aliste pa' la vergiada. Ve y no nos toque a nosotros también," continuó Ricardo, siempre tan apocalíptico.

"Que fue cagada, fue cagada y tiempo para hacer algo ya no hay. A la salida es la papada y tenemos exposición de Sociales, así que no nos podemos escapar para ver a quién buscamos. Acompañemos a Tato, y si nos toca a nosotros aguantemos como machos pue," sentenció el valeroso Tulio.

"Les voy a decir que, como dice Jorgito, evitar es de valientes y correr es ejercicio. Si empiezan a rumbar maceta yo me la pelo. Tato es amigo del alma, pero se la tiene bien ganada, por encachimbado," dijo Ferro, el prudente, al tiempo que sonaba el timbre que anunciaba el final del recreo de la mañana.

*

Aún benigna la lesión podía causar un enorme daño en el cerebro de la niña. La única diferencia es que no lo haría por infiltración de los tejidos como el cáncer, sino que por presión. El problema, en esencia, es que, si se operaba aquel astrocitoma pilosítico, como se llama el desgraciado con nombre y apellido, se causaría de una u otra forma algún daño en el cerebro de Andrea.

Las principales preocupaciones eran la visión y la pituitaria, glándula situada muy cerca de la silla turca que controla las hormonas del crecimiento, del sueño, de la reproducción, entre muchas otras. En Andrea esta glándula estaba totalmente cubierta por la lesión y de igual forma los nervios ópticos no podían verse porque estaban o aplastados o entrelazados en el tumor, no podían saberlo. "Las hormonas las podemos reponer con pastillas, pero la vista no", les dijo el doctor.

Barhej explicó a los Zambrano que la niña debía de ser evaluada por un neuro-oftalmólogo, para definir el curso de acción. Pidió a la enfermera arreglar una cita de emergencia para Andrea, ese mismo día por la tarde, con la doctora Kameni y que él les vería al día siguiente, otra vez.

Cuando vio el llanto de María, que lloraría y lloraría en cada una de las consultas de su hija, les tranquilizó diciendo que, aunque no era fácil este era un tumor que podía ser tratable. "En el cerebro nada es benigno, pero la diferencia con un tumor cancerígeno es que hay más tiempo para hacer algo," les dijo. No podía dar seguridad porque todo dependía mucho de cada paciente, pero les explicó que tenía niños que habían salido adelante de este tipo de gliomas (otro nombre técnico para el dichoso) y... bueno, otros que no.

Insistió mucho en preguntar si los padres habían visto alguna anomalía en la visión de la niña pero, para los Zambrano, Andrea miraba a la perfección. A esa edad la evaluación era compleja, porque todo el mundo de los niños de menos de un año está a pocos metros de distancia. Ahora esperarían qué podía encontrar la doctora Kameni, el cuarto especialista visitado por la beba.

Pero la neuro-oftalmóloga no estaba disponible, así bien la evaluación la realizó una oftalmóloga de apellido Richardson, con bastante experiencia neurológica y diversos cursos en el área. Resultaron los neuro-oftalmólogos unos bichos raros que, a los Zambrano, en años venideros les tocó perseguir por todo Norteamérica.

En forma inesperada la evaluación de Richardson no mostró mayor daño en la visión de Andrea, aunque el examen fue complicado, con la niña llorando, rechazando las gotas y haciendo hermosos pucheros que provocaban comérsela. Muchos años después otros doctores afirmaron, en forma cauta y respetuosa, que este examen fue errado. Que lo más probable Andrea ya tenía en ese momento lesiones considerables en sus nervios ópticos que no pudieron ser apreciadas por la difícil evaluación de una niña de seis meses y el poco tiempo disponible que por lo general tienen unos pacientes internacionales.

Sin embargo, en términos prácticos, la conclusión de Richardson fue que la visión de Andrea era funcional, con una visión que podía ser un 20/30 a un 20/40. Eso era lo único que necesitaba saber Barhej, quien al día siguiente se mostró sorprendido por el resultado. Otros niños con una lesión de ese mismo tamaño, de entre tres a cuatro centímetros, tienen serios problemas de visión. Entonces tomar el riesgo de una cirugía en la cual la niña podía quedar ciega, no valía la pena, concluyó; "este tipo de tumores los operamos cuando el paciente tiene muy poca o nada de vista, y su vida peligra. Con ella, este no es el caso".

Adrián y María comprendieron después que los grandes cirujanos no sólo son aquellos que realizan operaciones imposibles, sino esos que deciden no operar. "Si la niña tiene una vista funcional, el mejor camino es darle quimioterapia," dijo Barhej.

"Pero si usted dijo que era benigno," replicó el padre. "Sí, es benigno, pero en tumores como estos cuando no es posible operar y la radiación es demasiado peligrosa, porque puede causar daños en su desarrollo cognitivo, la opción es aplicar quimioterapia. Usamos una combinación de Carboplatin, Vincristine y Temozolomine, tratamiento que no es para reducir el tumor, sino en el 80% de los casos para controlar el crecimiento, buscando evitar que la lesión cause más daño. En un 10% de los pacientes se logran pequeñas reducciones y en un 10%, esta quimio no tiene efectos".

Así Andrea María entró al complicado y difícil mundo de los tratamientos de quimioterapia infantil, sin tener cáncer, y con resonancias magnéticas cada tres meses, las primeras tres, y si se mantenía el tumor estable cada seis meses, las siguientes tres, y después cada año si el tratamiento era exitoso.

Barhej refirió entonces a los padres a Oncología con el doctor Ocampo, quien por el apellido dedujeron se trataba de un latino, por lo que por lo menos en una consulta los Zambrano se librarían de las pequeñas, pero incómodas, barreras del idioma que todavía les quedaban. En la sala de espera de Oncología, en el cuarto piso del ala oeste B del gigantesco Lousiana Children Hospital, se sintieron un tanto aliviados al caer en cuenta que había esperanza, pero aterrados hasta los huevos él y hasta los ovarios ella, por los efectos secundarios.

De improviso surgió en sus mentes la "cuestión financiera," como le llamaba Adrián. Aunque su bufete era exitoso, los Zambrano eran sólo una familia de clase media, que vivían bien, pero sin lujos ni ostentaciones, en medio de una trayectoria de honorabilidad en la cual no acumularon riquezas por medio de prácticas incorrectas. Para estas emergencias, contaba con gran cantidad de conexiones en distintas esferas, pero para costear en el extranjero un tratamiento así, no sabían si contaban con el capital.

*

"Puta que pijeada de película. Hay que decir que Tato aguantó como macho. El Haroldo le pegaba y le pegaba y el maje no se caía. Yo le oí decir después que ya le dolían las manos de tanto darle mamellazos. Yo, con el primer vergazo me caigo," decía el sorprendido Ferro.

"Culeros, después de la verguiada un maje se me acercó. Se mira bien macizo, me dijo y me ofreció que él puede pijiar a Haroldo en venganza," anunció Tulio, esperanzado.

"Si pendejo, yo te ví hablando con él. ¿De dónde salió ese maje? porque no tenía uniforme," preguntó el desconfiado Ricardo.

"Dice que es de la nocturna, pero tiene una pinta fea que no sé si creerle. Pero vale madre, con tal que verguee a Haroldo," afirma el vengativo Tulio.

"Yo no sé pa que buscar a un externo, yo creo que Ricardo, con su izquierda impredecible, le da verga al Haroldo," dice el optimista Ferro.

"Bueno mierda y quién sos vos para andar disponiendo de mis dientes. Ese maje de Haroldo patea, es cinta negra de Karate. Lo entrenó Tábora, el profesor ese que quedó topado cuando mató por accidente a un alumno. Si yo hubiese tenido el ataque de locura de Tato y hubiese pateado a Elena, pues me le paro al Haroldo a ver qué pasa, pero por una cagada de un alero no me meto. Si fuera injusta la papada, pues sí, pero para mí que Tato se la buscó, les digo aquí en confianza vea."

"Puta no sean mierda. No entiendo por qué Elena puede poner a otro maje a pelear por él y nojotros no podemos," dice el furioso Tulio.

"Pues vos lo has dicho pendejo, porque es El-Ena-no. Cuando yo era chaparro y escuálido en primaria..." "Escuálido siempre sos," acota Ricardo. "Bueno sí, no me interrumpás cabrón. El hecho es que yo tenía un primo que me defendía y nadie respingaba por eso. Es una ley de la escuela. Dichoso el que tiene un primo o un hermano pijeador. Es como tu superhéroe personal, la mierda," dice el explicativo Ferro.

"Y ¿por qué no traemos a tu primo?," cuestiona Tulio esperanzado. "Porque él está ahora reformado y no se mete a pedos," contesta raudo Ferro.

"Entonces ya no tenes quien te defienda, marica," replica Ricardo. "Bueno, por eso no le ando pegando patadas a un enano tirado en el suelo, y en casos extremos yo sé que cuento con vos tigre," dice Ferro, sonriendo.

"Jodás cabrón. Si tenés un pedo por mí que te verguen bazuca," sonríe también Ricardo, como negando con su risa la veracidad de su afirmación y agrega: "pero volviendo al pinta ese, para mí que mandés a ese maje a la mierda. No ocupamos más pijeo. Tato no perdió ningún ojo y de milagro no se le calló ningún diente. Tiene moretones en todas partes, pero eso pasa, así que yo digo que le digás a esa pinta que se vaya a la mierda. Si no va a ser una guerra campal. Y ya saben que yo no le tengo miedo a los pijazos, pero yo no veo necesidad," apunta juicioso, Ricardo.

"Yo secundo" dice lacónico Ferro, quien ya es conocido que, sí le tiene miedo a esas disputas en exceso violentas, lo más probable, malacostumbrado por su primo.

"Ta bueno pue. Mañana le digo. Quedé de verlo en el guanacaste al lado del campo a la hora del recreo. Yo le digo que se pierda. Pero insisto, que perdemos una buena oportunidad de poner en regla al Enano y sus amigos. Nos van a continuar jodiendo hasta que nos graduemos," aceptó y sentenció el resignado Tulio.

"Bueno, si es que nos graduamos. Nos queda todavía terminar este año y todo quinto curso. Son muchos exámenes por chepiar pendejos," inquiere retóricamente Ricardo.

*

Lo cierto es que el tumor de Andrea no era común en su país, porque ni el radiólogo, ni el neurólogo, ni un neurocirujano, apellido Vigil, al que la abuela materna le llevó las placas, porque le tenía ella una gran confianza, coincidieron con el diagnóstico que en forma tajante había dado Barhej, y que después confirmarían cuatro o cinco especialistas más en diversas ciudades de Norteamérica. Por lo tanto, pensar en llevar a cabo un tratamiento en el exterior no debía estar descartado, ya que podría ser que en su patria no existieran las condiciones.

En la sala de espera oncológica, Adrián empezaba a hacer cuentas sobre sus haberes; "el Nissan comprado el año pasado, pues debe andar por unos 25,000 dólares, el Hyundai que lo compré usado, tal vez consigo 5,000 dólares, por la casa… pero la casa está hipotecada, así que vendiéndola será poco dinero el que podrían obtener, y de todas formas dónde viviríamos. Creo que vendiendo el Nissan podría ser suficiente," pensó el padre.

Entonces, desde una pequeña ventanilla en la pared dijeron, "Mr. y Mrs. Sandia, Mr. y Mrs. Sandia…" cuando nadie contestaba María comprendió que era a ellos a quienes llamaban. "Zambrano quiere decir," corrigió. "Sí, Zambrano… disculpe", dijo una señora de tez negra, con una amplia sonrisa, amplias posaderas y enorme busto. "¿Es nuestro turno?," preguntó María. "No, tienen una llamada," respondió la enfermera, al tiempo que le pasaba el auricular de un teléfono beige pegado en la pared, del otro lado de la ventanilla.

Adrián atendió. "Señor Zambrano", le dijo una voz en español con un inconfundible acento cubano. "Sí, diga". "Le hablamos de Servicios Internacionales. Entendemos que ustedes arreglaron su cita con el doctor Barhej en forma directa". "Si, unos amigos en nuestro país nos dieron su contacto y le escribimos directamente," respondió Adrián, todavía confundido por la llamada.

"Bueno, es que ahora el doctor Barhej los ha remitido a Oncología y en este caso ya nos toca a nosotros en Servicios Internacionales atenderlos. Según nos dicen en el despacho del doctor Barhej, ustedes no tienen seguro médico." Adrián replicó que "en realidad tenemos un seguro médico local que nos proporciona el Colegio de Abogados, pero no tiene cobertura internacional. Estamos tratando de ampliar la cobertura a internacional, pero todavía no sabemos cómo será el manejo de las preexistencias."

"Comprendo. Entonces necesitamos saber si ustedes tienen la capacidad financiera para costear un tratamiento de quimioterapia en nuestro Hospital." Adrián, un poco molesto, respondió que ni siquiera habían pasado a la consulta con el doctor, así que todavía no tenían los detalles del tratamiento.

"OK, pero un ciclo corto de quimioterapia le cuesta alrededor de 50,000 dólares y un tratamiento de digamos dos años, que es lo usual, anda por 200,00 dólares, sólo para darle una idea," dijo aquella voz que ni siquiera había dicho su nombre y que parecía más una vendedora de casas o de carros, que tanteaba a un cliente para saber si valía la pena gastar saliva haciendo la venta o de entrada descartaba a los Zambrano como potenciales compradores.

Adrián palideció ante aquel montón de ceros y empezó a pensar que, en lugar de vender el carro, debía vender un riñón, el hígado o el corazón, o bien hacerle de chulo de su esposa María, que era hermosa y bien dotada, por lo que, con unos años de prostitución de relativa altura, podrían alcanzar esas cifras. Él, vender sexualmente su cuerpo no podía, porque además de estar pasado de peso, tenía almorranas y amígdalas hipertrofiadas, lo cual imaginaba era un impedimento mayor, por lo menos con el sexo masculino.

Entonces otra enfermera, desde una puerta en el otro extremo de la sala de espera llamó: "Andrea María Zambrano," y sin decir palabra, Adrián colgó el teléfono, dejando en un segundo las preocupaciones financieras para pasar a las aflicciones reales. ¿Cómo le administrarían los medicamentos a la peque, serán intravenosos o en pastillas, cuáles serán los efectos secundarios, se le irá a caer el pelo? A María siempre le llamó la atención por qué Adrián le afligía tanto la caída del pelo, cuando ella se preocupaba más por daños permanentes en el oído, en el hígado o inclusive en la propia vista, que la quimioterapia podría traer. "¡El pelo vuelve a salir, por Dios!," le decía a su marido cada vez que preguntaba por el tema.

Ya en la consulta, el doctor Ocampo, ante la sorpresa de los padres, en primer lugar, cuestionó si en realidad Andrea María necesitaba quimioterapia. Afirmó que, en su opinión, el nistagmo no era una razón de peso para iniciar un tratamiento de esta magnitud. "Hay muchas otras cosas que pueden causar un nistagmo y no necesariamente el tumor. Necesitamos mayores evidencias que el glioma está causando un daño que merezca aplicar la quimioterapia. Tengo que analizar mejor la evaluación del oftalmólogo y conversarlo con el doctor Barhej. Si recomendamos la quimioterapia se los comunicaremos por email."

"Sin embargo, seguiremos la consulta como si en efecto recomendáramos la quimioterapia, porque es muy probable que más tarde o más temprano la niña tenga que recibir este tratamiento." Entonces el doctor Ocampo respondió todas las preguntas y pintó un panorama difícil para los Zambrano, pero transitable.

"En todo caso serían de 18 a 24 meses con días buenos y días malos, pero por lo general tenemos buenos porcentajes de respuesta. Evitando que el tumor crezca, prevenimos que la niña pueda sufrir algún daño en su visión, o más daño. En este momento lo que podemos ver es el nistagmo, si es que es causado por el tumor, pero puede ser que ella tenga problemas para distinguir colores o dificultades en su visión periférica, y esas son cosas que ahora es difícil evaluar," explicó Ocampo con un tono de voz, calmo y pausado, que inspiraba tranquilidad y confianza.

Además, el mismo doctor dio salida a las preocupaciones financieras de Adrián. "Tengo varios pacientes de Latinoamérica que siguen el tratamiento en sus naciones. No tengo de su país, pero imagino que los medicamentos que les prescribiremos los pueden encontrar allá, en donde los costos son mucho más bajos, porque por lo general van subsidiados por el Estado o por fundaciones. Nosotros le damos el protocolo, porque para este caso estamos hablando de protocolos abiertos, y ustedes buscan un oncólogo en su país con el que podamos trabajar."

"¿Y los estudios y exámenes de control, doctor?" Preguntó María. "Esos están incluidos en el mismo protocolo, incluidos los MRI (como en inglés se les dice a las resonancias), que imagino el doctor Barhej se las indicó trimestrales, luego semestrales y al final anuales." "Si así fue," dijo Adrián, que recuperaba el alma a medida que la consulta avanzaba. "Los exámenes de la vista tendrán que ir a la par y de igual forma ella necesitará evaluación de potenciales evocados auditivos, exámenes periódicos de sangre y diversas pruebas hormonales".

El doctor no mencionó a los Servicios Internacionales, ni tampoco Adrián quiso consultar, ya que en ese momento tuvo la impresión que ese departamento era en ese hospital, y en varios otros que visitaron, algo así como aves de rapiña de la medicina que parecían recibir comisión por cada paciente que capturaban de los pobres países en desarrollo. Siempre que pudieron los Zambrano evitaron a las pirañas y se comunicaron en forma directa con los consultorios de los médicos.

*

El relato le parecía cargado de demasiados detalles médicos que le resultaban innecesarios, pero al mismo tiempo le maravillaba la increíble aventura que sus padres habían tenido para preservar la vista de su hermana.

También se llenaba de angustia, recordando aquellos funestos tiempos que, sin embargo, don Adrián y doña María se las habían arreglado para hacer más llevaderos. Los viajes a Estados Unidos, a los cuales ella también fue, a excepción del primero, iban siempre acompañados de una escala en Orlando.

El objetivo primordial de la travesía era ir a ver a Barney o a Mickey, y "aprovechando" visitaban algún médico para chequear que todo estuviese bien con la vista de Adriana. Eso es lo que al menos les decía los padres a las niñas, aunque la realidad era a la inversa.

No le molestaba que no existiese mayor referencia a su persona. Sabía que, con la enfermedad de su hermana, la vida en la casa se había focalizado en ella, pero sus padres siempre supieron darle el soporte necesario y criarla como una persona de bien. Nunca le faltó nada, a pesar de las circunstancias.

Ellos siempre se las arreglaban para turnarse y como en los momentos más duros a la madre le tocó estar más cerca de Adriana, desarrolló, quizás, un vínculo más fuerte con su padre. Tal vez por eso la muerte de don Adrián le había golpeado más allá de lo esperado.

Leticia por su lado tenía 13 años cuando toda esta aventura empezó y aunque también estuvo con ellos en la mayoría de los viajes, tenía su otra vida con su padre biológico, el primer esposo de su madre, que siempre se mantuvo cerca. Inclusive, cuando la familia se mudó a Canadá, ella se quedó con él en Honduras terminando la universidad, y es años después que ella viajó, tan solo a realizar su maestría.

Después de hacer a un lado las hojas fuera de lugar del relato, con las cuales abrió una nueva categoría que denominó "Diálogos Adolescentes," Carmen decidió volver a los clips rojos. Le llamó la atención que después de su nacimiento el siguiente registro brinca seis años, hasta el nacimiento de su hermana.

12 de diciembre de 2003

Regreso a este diario varios años después de hacer tangible lo imposible. Lo encontré olvidado en la última gaveta de mi alma. Aún ahora, después de este tiempo, siempre quiero entrar en tu abismo inconmensurable cada día de nuestra existencia, hasta consumirnos en cenizas.

Perderme en un beso tuyo, tan tuyo que suene a tu nombre. Perderme en ti que eres como un río, turbulento como maniático rafting, indomable como cabalgata salvaje, un río en el que río inundado de ajetreo, un río trepidante como montaña rusa, en el viaje demencial de mi deseo.

Después quiero olvidarme de ti, para descansar de tanta felicidad, y escuchar los poemas de las flores que nos recitan palabras sobrehumanas. Sin embargo, el caimán que deambula en nuestro cuarto escucha tu suspiro y tu abismo silba un corto letargo, que me obliga a recordarte.

Mientras te veo me pregunto si se puede encontrar el principio de un poema en su final. El principio de un poema en un círculo infinito interminable, como este amor que te tengo. Interminable como esa luz que salió de tu cuerpo e ilumina ahora cada uno de nuestros pensamientos.

21 de junio de 2005

Haces de mi corazón una casa rodante en la autopista del miedo, que arrastro inmisericorde a 200 latidos por beso. Mis ojos vuelan como demonios liberados buscándote en la estación fantasma. Pero tú me esperas en ningún lugar, olvidaste la hora y el encuentro te olvidó a ti.

Así vives como hoja suelta, hija del viento cálido del profundo centro del universo, madre de la más purísima y hermosa terquedad, madre dos veces más de la música que endulza mis oídos y de la luz que llena mis sonrisas.

Así vives como hoja suelta, mientras yo aprieto mi quijada hasta despedazar mis dientes, mientras yo navego en mis pérfidas y estúpidas angustias, mientras mis ácidos despedazan mi cuerpo y envenenan mi alma.

A la vez, eres una laberíntica paradoja, porque te convertiste en una hoja suelta atorada en el árbol del siniestro terror, de perder lo más querido. Así pareces un Estocolmo sin mar Báltico y un Berlín sin Puerta de Brandemburgo. Mientras yo sigo adelante arrastrando mi corazón en la autopista del miedo.

*

De improviso, después de una sola página de lectura, Carmen decide hacer una nueva pausa. Está cansada y hay cosas que hacer en la casa y pronto vendrá la hora de la insoportable misa. Ella siempre supo de la creencia católica de su madre. Pero su padre siempre fue absolutamente agnóstico.

Leticia en los últimos veinte años se había convertido en una ferviente religiosa y cuando don Adrián muere se quita su rosario y se lo coloca en las manos de su padrastro. Ella se quedó reflexionando si su padre hubiese aceptado aquel símbolo de una religión que él no apoyaba.

En algún momento se había imaginado los actos fúnebres de su progenitor, con su cuerpo dispuesto sobre una balsa de troncos untada con brea, partiendo de su playa favorita, flotando hacia el mar, fluyendo en el infinito, mientras ella lanzaba una flecha en llamas que le prendía fuego a su cuerpo.

Cuando llegó el momento de discutir sobre los arreglos fúnebres, estaba alistándose para hacer las respectivas objeciones y proponer la opción Vikinga que imaginaba a su padre tanto le hubiese gustado, a pesar de que no sabía cómo se las arreglaría para lanzar aquella flecha si nunca en su vida había usado el arco. Antes que pudiese decir palabra su padrino Tulio, el mejor amigo de don Adrián, la llamó aparte. "Carmencita… el entierro será católico," le dijo con cariño, como leyendo su mente.

"Usted sabe padrino, que él no creía en la iglesia. Quizás creía en un Dios o algo parecido, pero en la iglesia no creía. Siempre decía que era la consecución del Imperio Romano, y me citaba varios párrafos de aquel libro que le encantaba, *Los Templarios* se llamaba, en el que se explica cómo se realizó esa transformación."

"Sí mijita, yo lo sé. A mí me regaló el mentado libro, pero nunca lo leí. Aunque obviamente le dije que me lo había leído de cabo a rabo, a pesar de que me tomó, según él, todo un año hacerlo. La verdad no hacía falta que perdiera el tiempo en eso, porque a lo largo de los años él me fue contando cada uno de sus capítulos."

"Y ese no fue el único texto. Combinaba con otro que se llamaba *Dios no es bueno*, que hacía un análisis de los estragos de las religiones en la humanidad. O aquel otro, que ese si lo leí, de ciencia ficción *El Fin de la Inocencia*, de ese que es el mismo de 2001."

"*El Fin de la Infancia* se llama el libro, Padrino."

"Gracias, yo sabía que era el fin de algo, pue ese, con el demonio cargando en brazos a un niño en la portada. Entre más blasfemos y herejes, más le gustaban. Sin embargo, usted se acuerda que su padre siempre iba a la iglesia con su mamá."

"OK, es cierto, pero él lo hacía por ella."

"Pues bueno, ahora le debo decir que desde que regresó a Honduras no faltaba a misa, primero juntitos los tres y después de la muerte de María, acompañando a Leticia."

"Eso, acompañando a Leticia, Padrino, pero su entierro porque tiene que ser católi…"

Carmen detiene sus palabras, baja la vista y como niña regañada casi murmurando para sí misma, finalmente dice: "Las que vamos al puto entierro somos nosotros y él sólo nos acompaña, ya entendí padrino. Ok, no diré palabra."

"Y lávese la boca con jabón señora que ya está grande para decir esas palabrotas," le dijo el padrino con severidad fingida en medio de una sonrisa.

Había sido una curiosa escena de un anciano de 86 años, de piel oscura, con múltiples canas mezcladas con su oscura cabellera, cortada al estilo de un oficial militar, elegantísimo, con bastón y tirantes, prominente abdomen, reprendiendo a una señora de 61 años, de jeans negros y sobria camisa de manta, también negra, que contrastaba con su tez blanquísima, su pelo negro largo, rodeada de un aire hippie, que barnizaba con pequeñas colitas de mariposas, prendidas a su cabello, y con uno que otro tatuaje, en su cuello y brazos.

A la mañana siguiente del emotivo entierro, Carmen regresó al estudio de su padre. Ordenó las cosas, lo limpió con pulcritud, todo como a él le gustaba. Ella era amante del caos, del desorden absoluto y hacía aquel sacrificio en su memoria.

Cuando terminó de sacudir hasta el último libro, se sentó en la silla del escritorio a seguir leyendo. Continuó con los clips verde esperanza que había dejado la tarde anterior.

Todo es relativo, otra vez

Así bien, quedó cerrado el primero de varios capítulos en la historia de Andrea María en su visita a New Orleans, pero con un final abierto, en el que aún no estaba decidido si habría o no que aplicar la quimioterapia, lo cual pasó a ser la siguiente etapa del tormento de los Zambrano, una vez que regresaron a su país.

Era angustiante descubrir que igual que en muchas otras cosas en la vida, en la medicina las cosas son espantosamente relativas, no había blanco o negro absoluto para casi nada. Así bien, tomar las decisiones por la vida de Andrea María, resultaba una carga tan pesada, como una espada de Damocles sobre la cabeza. No se trata de si elegían una escuela bilingüe o católica, o si se orientaba a la menor a un deporte o a un arte. Una decisión en falso y la niña podría quedar ciega, o le podían salvar la vista, pero traerle otras consecuencias como sordera, problemas renales o inclusive provocarle leucemia con la propia quimioterapia.

En ese momento, parecía inconcebible que la niña tuviese semejante pelota en el cerebro y no hacer nada. Pero eso era, en efecto, lo que recomendaban algunos doctores, consultados después por los padres de Andrea María. "Esos tumores pueden estar dormidos por años y es en la adolescencia, con la agitación hormonal, cuando se suelen despertar," explicó Jules Harris, un genetista que se dedicaba a hacer servicio social por el mundo.

Harris era auspiciado por una de esas sectas que tienen tentáculos en todas partes del planeta, pero que no sólo cantan y pegan gritos (sin descartar que cantan y gritan bastante), sino que además tratan de realizar obras de proyección social, en cuenta ofrecer consultas médicas en países pobres de reconocidos médicos que en Estados Unidos están cansados de la opulencia y deciden, en nombre de Dios, calmar de alguna forma los gritos de su conciencia que clama por un poco de equidad, en este mundo donde pocos tienen mucho y muchos no tienen nada.

Fue difícil para Adrián acompañar a María y a la niña a la consulta en la sede de esta iglesia. Él despreciaba a las sectas en general, porque las consideraba cómplices de la miseria de los pueblos, y muchas de ellas viles estafadores en busca de almas desesperadas. Sin embargo, entendió que ellos eran ahora parte de ese grupo de personas que pueden considerarse *almas desesperadas* y se sorprendió al ver como él mismo pisoteó, en varias ocasiones, su orgullo y sus creencias buscando lo mejor para su pequeña. Pero eso sí, nunca cruzó la frontera de la honradez, porque ir con la frente en alto era la herencia más preciada que le podía dejar a sus hijas.

Igual que Harris, un neurólogo consultado por correo electrónico, recomendado por un amigo de un amigo que vivía en Nueva York, señaló que "nuestra experiencia es que, sin evidencias tangibles de daño, monitoreamos el tumor muy de cerca y al menor indicio procedemos con el tratamiento. Es un camino difícil, porque hay muchas áreas grises. Por lo general necesitamos evidencias que se ha perdido visión o un crecimiento de 20% del tumor."

Entre tanto, los Zambrano aún sin una decisión tomada, fueron al Hospital Escuela a visitar a quien sería la oncóloga de Andrea, Mirta Quan. Aquel Hospital estatal permanecía en condiciones deplorables, en una crisis perpetua. Cuando no eran las enfermeras las que estaban en huelga, eran los residentes, cuando no eran los residentes eran las enfermeras auxiliares, sino los técnicos de los laboratorios o los paramédicos y si no había ninguna huelga, no había medicamentos o se habían acabado las sábanas, o no había gazas, etc., el hecho es que siempre hacía falta una o varias cosas que eran esenciales para una atención médica decente.

Por lo menos, en aquel momento y por bastante tiempo, no había gente durmiendo en los pasillos, porque una fundación auspiciada por McDonald´s les daba hospedaje en centros especiales para los compatriotas del interior de pocos recursos, que llegaban a la capital en busca de atención para sus familiares.

En medio de este mar de carencias, Oncología se mantenía en una especie de isla porque, aunque sufría por varias de las debilidades del resto del centro, los médicos y enfermeras eran pagados y asesorados por un hospital estadounidense, el Saint Joseph, en uno de sus varios programas de proyección a Latinoamérica. Las medicinas y otros insumos eran prestados por la Fundación de Infantes con Cáncer que hacía desde hace muchos años una obra ejemplar.

Sin embargo, todo el apoyo nacional e internacional no alcanzaba para darle a la sala oncológica unas instalaciones conforme a la demanda. Oncología, por lo general, vivía en un hacinamiento asfixiante. Aunque las paredes estaban lindamente pintadas, por la escuela de Pintura de Carolina Irías y habían, sillones especiales para recibir las quimios, donadas por el Banco Central, el humor de la gente, muchos de ellos sin correctos hábitos de limpieza, los vómitos, las heces, que se limpiaban siempre a tiempo, pero de los que siempre quedaban la estela de olor, se mezclaban en una amalgama fulgurante, que se fundía con las toneladas de cloro que las encargadas de la limpieza lanzaban para tratar de encubrir los hedores.

Los Zambrano se pusieron en manos de la doctora Quan, cuya primera misión fue lograr que los doctores en Estados

Unidos se pusieran de acuerdo si había o no que aplicar la quimio o nada más brindar monitoreo. Al final, pesó el criterio del doctor Sarej, Jefe del Depto. de Oncología del Saint Joseph, quien en forma casual había sido maestro de Ocampo.

Una vez que el caso fue remitido a su escritorio, Sarej explicó que "el problema con estos tumores es que cuando el daño en la visión se manifiesta es irreversible. Por ello, nosotros recomendamos ir adelante con el tratamiento, para tratar de que no ocurra un daño importante, porque para nosotros el tumor ya tiene un tamaño significativo con el cual, si crece, puede dañar en forma considerable los nervios ópticos."

En consecuencia, aunque pudiese resultar drástico, los doctores del Saint Joseph, con el asentimiento de Ocampo, recomendaron, al final, una quimioterapia preventiva, lo cual, seguiría acongojando a los sufridos padres por muchos años. "Pero si no es una vacuna la que le están poniendo: es veneno. No son vitaminas para que no se enferme: es veneno," se decía la madre en cada uno de los tratamientos.

Aunque la quimioterapia de Andrea María tomaba sólo dos horas pasar por sus venas, la niña debía permanecer todo el día, desde las siete de la mañana hasta, al menos, las cinco de la tarde en el hospital, y en cierto tiempo pasar una noche ahí, entre exámenes de sangre, consulta con el médico, esperar que Campana (como le llamaban el lugar donde preparaban la quimio) hiciera las mezclas específicas y luego por último aguardar con paciencia ancestral a que fuese su turno, en medio de aquel mar de gente.

Después de la primera visita a la quimioterapia en el hospital público, los Zambrano trataron de llevar a la niña a algún hospital privado, pero descubrieron que en ese caso el costo de los medicamentos, si lograban conseguirlos, era impagable. Además, no había en los hospitales privados la experiencia para la aplicación de quimioterapias infantiles. Esto lo confirmaron uno de esos días que se encontraron a un viejo compañero de la facultad, que además de ser un buen abogado, sabían, se había casado con una muchacha de plata, y por tanto asumían que tenía una condición económica si no de clase alta, al menos de clase media-alta.

Pinga de oro, como le decían, les comentaba: "aquí el comunismo de Marx campea. Cuando un niño necesita quimioterapia no importa si sos pobre o rico, todos venimos a dar aquí. Aquí están los médicos y las enfermeras que saben, además que tienen el apoyo del Saint Joseph en Filadelfia, el papá de los tomates en este asunto. No hay manera de ir a otro lado."

"Yo intenté en el Belén (Hospital de alcurnia y respeto en la capital) y me confundieron los medicamentos. Casi me matan al cipote," agregaba como susurrando, Carlos, que tenía un año de tratamiento con su hijo quien sufría leucemia. En conclusión, sólo los, de verdad, multimillonarios podían ir fuera del país y eso significaba abandonar la patria, porque había que vivir por al menos dos años en el exterior.

Tras dos años asistiendo al Hospital, Andrea María finalizó su primera quimioterapia, que, para ella, en perspectiva fue relativamente noble, a excepción de dos o tres ataques fulminantes de mutaciones virulentas, similares a las que internó a la niña por primera vez, a los cuales se volvió más sensible por la caída de defensas que implicaban los químicos que le suministraban. En aquel tiempo, la niña todavía tomaba pecho y eso la hacía una criatura más manejable.

Además del suero que recibía por vena para limpiar el veneno, la beba tomaba en cada ciclo abundantes cantidades de leche del seno de su progenitora. Andrea tomó pecho por cuatro años, algo que causó escándalo en amigas y familiares de María, y lo que trajo un detrimento directo en la estética de la madre.

Con dimensiones que eran un poco más que una miss Universo y un poco menos que una estrella porno, María pasó a ser una modelo de pasarela, de esas que parecen anoréxicas, porque además todas las angustias, los desvelos y la succión indiscriminada de sus calorías, provocaron en ella una abrupta delgadez.

En Adrián fue lo contrario, porque la ansiedad le provocaba comer y comer, con lo que vivió el acelerado crecimiento de su estómago, tanto, que al final sus amistades les decían el gordo y la flaca, en alusión a un programa televisivo de entretenimiento matutino de moda en aquellos días, que a su vez hacía remembranza de aquellas viejas películas de comedia estadounidenses en la que los protagonistas eran hombres.

Finalizado el primer ciclo, por el cual tuvieron que mudarse a la capital, los Zambrano vivieron varios años de relativa calma, que fue algo así como llegar al centro del huracán. Andrea María los llevó de paseo por varias otras ciudades de América. A Bogotá, a hacerse unos exámenes especiales para ver la salud de los nervios ópticos, a Miami y Boston con dos importantes neuro-oftalmólogos, a Washington, con un neuro-oncólogo y otro neuro-oftalmólogo, y también de regreso a New Orleans.

Los Zambrano no tenían los fondos para pagar un tratamiento en el exterior, pero se aseguraban de que la quimioterapia en la patria y el posterior monitoreo fuese supervisado por lo mejor que pudiesen obtener, comprando pasajes aéreos a buen precio con cuatro o seis meses de anticipación y siempre encontrando ángeles en cada ciudad que los acogían en su casa, los transportaban y les brindaban un apoyo material, moral y espiritual sin restricciones.

El aura de Andrea María era impresionante y aquel que la conocía (y muchos con sólo ver su foto) se enternecían de tal forma que si en sus manos estaba ayudar a los Zambrano lo hacían, y a la vez, cuando eran creyentes, entraban en las múltiples cadenas de oración que arrancaron desde el mismo momento que el diagnóstico de la niña fue conocido.

María se acercó mucho más a Dios en todo el proceso y con la oración trató de llevar paz a su corazón. Adrián, también, pero en su particular estilo impregnado de principios agnósticos afianzados con fuerza en buena parte de su familia, incluido su primo-hermano Rodolfo, un maestro en la materia, con publicaciones en los periódicos y después varios libros, que habían causado revuelo en la sociedad capitalina, escritos desde la cárcel, en donde guardaba cadena perpetua por el asesinato de su esposa.

La religión era en varias ocasiones el punto de encuentro de numerosas discusiones entre Adrián y María. Cada vez que con razonamientos lógicos y posturas científicas él trataba de evitar que ella llevará a la niña a alguna invocación divina, a algún meeting místico, a alguna reunión religiosa de grito, patada y de rezo en lenguas muertas, ella furiosa le recordaba su apreciable linaje; "no me vengas con tus sandeces, con tu retahíla ateísta que dice que no es ateísta, lo cual me llega a pensar que esa duda metódica tuya no es más que cobardía. A un buen lugar vas a llegar, igual que tu querido primo."

Pero ya fuera desde su postura religiosa o desde su calculadora posición agnóstica, Adrián y María sabían que vivían la calma que se siente en el centro de la tempestad y, presentían, sin confesarle a nadie, siquiera a ellos mismos, que los vientos golpearían otra vez su fría tranquilidad.

Entre tanto, Andrea María creció, caminó con normalidad, fue a una escuela bilingüe, subsidiada por el gobierno francés, aprendió a leer y escribir en dos idiomas, hacía gimnasia olímpica y pintura, y pronto mostró que contaba con una inteligencia superior. Entre tanto, también los padres

descubrieron que la niña si tenía los nervios ópticos lesiona-
dos, que sólo tenía vista central en su ojo derecho, 20/40 más
o menos, y que lo más probable había nacido así, razón por
la cual se desenvolvía por el mundo como si tuviese cuatro
ojos, con una memoria sorprendente, un oído privilegiado y
una nariz de sabueso.

*

Carmen estaba maravillada, otra vez, con las muchas cosas
de su historia familiar que había descubierto, o había confir-
mado. Sonreía al leer que su padre se declaraba públicamente
agnóstico y al mismo tiempo se preguntaba cómo había logrado sobrevivir el matrimonio con su madre.

Cualquier psicólogo de segunda puede explicar que las pa-
rejas sometidas a este tipo de estrés comúnmente se separan.
Recordaba muchas peleas, pero al tiempo las aguas se calma-
ban y regresaba la armonía, a pesar de que sus convicciones y
su forma de ver el mundo se fueron distanciando cada vez más.

Él era heredero de un relativismo ancestral, que había
cultivado su padre, es decir el abuelo de Carmen, en diversos libros escritos con maestría. A su vez, el abuelo de don
Adrián, había sido en realidad el iniciador de esta tradición
familiar, subrepticiamente implícita en todos los escritos, y
tangible como una roca en un magistral pasaje reflexivo sobre el tema, publicado en una revista miscelánea en los años
30, denominado *Relativo Soy*.

Sin embargo, los tres en cierta forma se acoplaron a la sociedad católica, apostólica, romana del momento, a pesar del rom-
pimiento con la iglesia que significó el suicidio de su abuelo.

Aquel suceso había sido un tabú familiar inexpugnable. En
la familia nunca se hablaba del tema, en vista que además
se le acusaba al señor de crímenes indecibles, cometidos su-
puestamente en medio de una borrachera que lo llevó después a quitarse la vida.

Nadie en la ciudad, en el país e inclusive en la región, hasta donde había llegado la fama de escritor, funcionario público y diplomático de su bisabuelo, creía que él pudiese ser culpable de la atrocidad que ciertas mentes perversas le señalaban. Pero en algunos siempre pululaba la insoportable duda. Los acontecimientos acaecidos quedaron en una nebulosa hasta que un informe del Servicio de Inteligencia Británico, encontrado muchos años después, aclaró una parte del misterio.

Este informe señala que la menor en cuestión nunca fue ultrajada o agredida por el señor Adrián Zambrano Castillo. A los británicos solo les interesaba la seguridad de la menor, que era de nacionalidad beliceña, un territorio que, en aquel momento, la mitad del siglo XX, estaba bajo la égida del Imperio Británico.

Por tanto, únicamente quedó establecido que el bisabuelo de Carmen no le tocó un pelo a la muchacha, pero no se esclareció en un cien por ciento la muerte del señor, que se asumió siempre como un suicidio.

A Carmen, en sus investigaciones de literatura hispanoamericana, le tocó estudiar la obra de su abuelo y de su bisabuelo, de quien en especial se convirtió en una ávida lectora. Siempre le pareció fascinante la transformación ideológica que sufrió su ancestro.

De ser un funcionario de la dictadura que en los años 30 y 40 asoló a su nación, sobrino además del temible Capitán de Armas de la zona Atlántica, Aureliano Zambrano, se transformó en una voz de la razón dentro del régimen, con frecuencia impidiendo la muerte de los opositores en las cárceles e inclusive, como se vislumbra en sus escritos publicados tras su muerte, disidente del estado de las cosas en su país.

Gracias a diversos y pormenorizados análisis de discurso que realizó de los escritos de su bisabuelo, Carmen pudo identificar, no sólo descontento con el régimen en el cual su tío era una figura protagónica, sino inclusive sesgos marxistas en varias de sus publicaciones. Asimismo, leyó en varios periódicos y revistas de la época que había un cada vez más creciente grupo de ciudadanos que postulaban a su bisabuelo como diputado.

Un diputado comunista a finales los años 40, con la revolución cubana a las puertas, no podía ser una figura popular para la autoridad de aquel tiempo, y siendo sobrino del Comandante de Armas, no podía ser apresado con facilidad, acusándolo de actividades subversivas, cuya definición tenían un amplio espectro. Un falso suicidio le pareció a Carmen la manera más fácil de detener aquella amenaza.

Concordaba aquello con la versión de algunos vecinos, que pudo leer en viejos periódicos, que tras escucharse el disparo que le quito la vida a don Adrián bisabuelo, hay quienes vieron correr por la calle a una persona no identificada.

Cuando indagó con su padre sobre el tema, obtuvo una contundente sentencia: "Mija, no revuelva más esas heridas que yo ya intenté hacerlo una vez y me gané la enemistad y el disgusto de la mitad de la familia. Pasaron como diez años para que me perdonaran, dese por servida con esto," y le entregó la copia del documento del Servicio Secreto Británico.

Con aquello terminaron sus investigaciones sobre el tema, ya que además, viviendo en Canadá, no iba a desperdiciar su habitual mes de vacaciones por tierras catrachas en andar desenterrando tabús.

Leyendo los escritos de su padre recordó sus indagaciones sobre su bisabuelo, ya que había algo en su verso que le recordaba, un estilo romántico que vinculaba mucho más al nieto con su abuelo, que con su padre.

Lo que si era común en los tres era ese gen relativista que les hacía cuestionarse de todas las cosas, inclusive de ellos mismos. Y este gen provocaba que su padre enfrentara la religión con un escepticismo a ultranza que a su madre enervaba. Una buena parte de las discusiones de sus progenitores terminaban en el espinoso tema religioso.

Es por eso que Carmen, en las siguientes líneas, empezó a intuir que su progenitor usaba la escritura como un desahogo profiláctico. Otros hombres tenían amantes, jugaban fútbol, escalaban montañas, o eran parte de algún culto. Su padre escribía. Y como sus textos eran tan intimistas, puede ser que por ello siempre dudó en publicarlos.

Asesina de poemas

27 de febrero 2006

Me voy de tu mundo para no volver, asesina de poemas, porque ya no soporto tanta falsa felicidad. Me voy, para no perder lo que hemos tenido, para no olvidar que te amé con profunda demencia.

Puede que sea cierto que soy un egoísta enfermizo, un egocentrista que se siente el centro absoluto de éste y todos los universos paralelos que la relatividad pueda crear. Pero en medio del bullicio persistente de esta casa de locas, no puedo evitar mirar al cielo raso de mi sala buscando la paz de un momento solitario. El sosiego de una reflexión inútil que me lleve a ninguna parte.

Perderme en el placer de una blasfemia convertida en canción de rock, el delirio de un poema imperturbable, la construcción de un cuento, como una historia sonámbula y tartamuda, que se piensa, se imagina e inclusive se actúa, pero que nunca, ni en la más remota circunstancia se llega a plasmar en un pedazo de árbol.

28 de febrero de 2006

Pero regreso, siempre regreso. Y te escribo un poema de amor en medio de esta tempestad, como enfundando mi espada en medio de nuestra permanente guerra, en un reflejo automático del corazón, amada asesina de poemas.

Quizás porque en el fondo de nuestros cuerpos, nuestros futuros están a perpetuidad entrelazados, aunque nuestros presentes tontamente se distancien. Quiero pensar que nuestros futuros se funden como la cadena de ADN de nuestros suspiros o como los bytes de nuestros sistemas operativos.

Carburo la siguiente melodía de esta canción perpetúa, mientras cambio el filtro de la combustión de mis traspiés y afino el motor de mis sincrónicos deseos.

4 de marzo 2006

Sin embargo, otra vez, me haces caer en un círculo perpetuo en el que el error ha sido tuyo, pero yo debo pedir perdón. Y sé que viene el embuste, lo conozco, lo he visto en repetidas ocasiones, pero de todas formas avanzo hacia él como borrego.

¿Dónde habrá quedado aquella inteligencia que parecía tener en mis primeros años de existencia? Paso a paso me tropiezo con mi infinita torpeza. Al mismo instante que vuelan las palabras de mi boca sé que insulto a la cordura, mancillo el más elemental conocimiento, rompo los esenciales patrones del común sentido de las cosas.

Es triste convencerse de que se es estúpido. No se trata de un ejercicio filosófico de saber que nada se sabe. Existe la certidumbre absoluta de que nada se sabe y poco se podrá saber, en los oscuros años venideros.

14 de marzo de 2006

Releo la última acotación de este diario sensorial. Con mayor frecuencia de lo que quisiera, estos pensamientos atraviesan mi cabeza cuando estoy contigo. A veces siento que te corroe una mortal envidia, por no tener otra fijación en la vida que lo elemental y cosas intrascendentes.

Y esa envidia me corroe a mí, con tu indiferencia, que me hace sentir que nada tengo entre mis orejas. Es así como olvidé mi objetivo fundamental. Olvidé que la meta de mi vida no es la meta, sino sólo la carrera. ¡Qué increíble poder de obnubilación tiene tu desprecio, perniciosa asesina de poemas!

5 de mayo de 2006

En esta permanente contienda, elijo con esmero cada una de mis palabras, como quien escoge la mudada del domingo, mientras golpea el reloj en los lóbulos de mis orejas.

Pido una tregua, porque un ángel me susurra al oído bellas melodías de mundos perdidos entre papiros cibernéticos, al tiempo que un demonio de Tanzania, que me odia y me ama, me mira de soslayo con un quedo suspiro de duda.

Además, la personificación viva de lo celestial reprocha, con hermosura e insolencia, mi deporte hogareño favorito, cuando cae la noche en un estruendo insoportable.

En la oscuridad, no puedo resistirme y así arde mi piel carbonizada hasta el nirvana, en el estornudo del último dragón. Arde mi alma rozando tu alma en un mundo sin gravedad y arden mis huesos, pobre y deprimente andamiaje, de una estructura inservible y caduca.

Algunos minutos después, intentando dormir, encuentro patitos de colores flotando en el cielo raso y, mientras desciende mi vista, en un infructuoso intento por crear una barata filosofía poética, te encuentro desnuda, asesina de poemas, tan hermosa que me levitan los ojos fuera de mi ser.

Me quedo con la mirada fija en ti y entre los relieves de tu cuerpo encuentro el sopapo agrio de la realidad que me remiembra mi idiotez. Otra vez he caído en tu trampa.

6 de mayo de 2006

Finalmente, mis párpados cayeron tal si fueran ventanas liberadas, mientras me comía la antinomia de tus pies, asesina de poemas, ontológico de mí ser, como la arena del mar.

En mis sueños flameaba el fuego de mi furia, de sentirme burlado, ultrajado en forma vil como en la más perfecta estafa. Aun así, en este onírico escenario, encontré a mis ojos fornicando con los tuyos y entendí entonces que el engaño es dulce como la miel podrida. A lo lejos, vi a mi vergüenza caminando con pies descalzos en el parque de la venganza. De improviso, mis párpados huyeron misteriosos y la luz llenó mi morada.

7 de mayo de 2006

Pero mi venganza es pueril, casi intrascendente, porque en la profundidad, pero en la profundidad de una piscina de aquel parque en medio del pinar, presiento que las culpas también me agreden sin piedad. Es cierto, que el asesinato en masa de mis poemas merecería el más cruento de los castigos, pero también es cierto que con la muerte de mis poemas me convertí en un monstruo desalmado. ¿O será que al convertirme en un monstruo desalmado mis poemas fueron asesinados? Este misterio es tan esquivo como el enigma de la creación del universo.

9 de mayo de 2006

En todo caso, espero que la lluvia me perdone por ser el Grendel que asesina las alegrías y sonrisas de tus faunos y flores, que me perdone por traerte desdicha infinita, tan solo con un poco de luz y de música que apenas atenúan el dolor.

Añoro que el viento me perdone, por este caduco repertorio de reglas y normas que de nada sirve en la educación de los infantes y que me perdone por este laberinto que construyo a mi rededor en el que todos los caminos llevan a mí mismo.

Quisiera clemencia de tus lágrimas, asesina de poemas, por hacerlas correr como en pista de carreras y también de las rosas de mi jardín por cortarlas de tajo cada mañana.

Busco la misericordia de la luz por bloquear su camino hacia tus ojos, por cada amargura que te produzco, por inventarte un hombre que no soy, por encubrir al demonio que me habita. Aspiro un ápice de compasión de la noche, por deslumbrar a tus alientos, y de las ánimas de mis ancestros por desilusionar cualquier promisoria predicción.

Que me perdone esa deliciosa brisa conífera que nos dio vida una noche de estrellas y supernovas, por cerrar con un golpe lastimero, la ventana de nuestros sueños.

10 de mayo de 2006

Y luego regreso a tratar de abrir la ventana, pero la maldita está trabada a mitad de camino, igual que nuestro amor. Tomo fuerza en los recuerdos de aquel beso furtivo, aquel beso robado en el espacio que queda entre la mejilla del adiós y los labios del secreto. Rememoro aquella conjunción perfecta entre mi alma y tu alma en una frase que yo iniciaba y que tú terminabas en una sincrónica sentencia.

Me miro a mí mismo con 20 libras menos en el peso de mis culpas. Sin entrañas que se retuercen, membranas que enrojecen, ni oídos que silban. Sin nieve en mis folículos, ni huesos que truenan en el universo de mis ansias. Me miro y trato otra vez… pero la ventana sigue atascada.

13 de mayo de 2006

Varios días después persisto en el intento. Porque al final comprendo que amor profundo te tengo, amor profundo siento, aunque el animal nacido de la furia que me habita y me domina, trate de hacer contraria afirmación. Igual que aquel "viajero de las estrellas", todo se vuelve rojo ante mis ojos y la ira me insemina bestial degradación, que mancilla mi jardín de flores exóticas.

Mis lágrimas corren hacia adentro y se transforman en ácido que diluye mis entrañas, degradan las moléculas de mi karma, sacuden mi alma y mi adolescente esencia. Y con ese dolor, ese sufrimiento encuentro en mi voz mi perdición, encuentro mi condena, encuentro mi castigo. De repente solo sé decir cosas que te hieren. Por ello, espero que alguien me salve de mí, que alguien me extraiga de este laberinto de furia. Porque amarte, resulta, es también odiarte.

11 de julio de 2006

Quizás esta noche logre evadir tu tentación, implacable asesina de poemas, y escribir alguna conjunción de versos que pueda aspirar a ser poesía. Escapar del fastidio del estío del reloj de arena, escapar de esta maniática obsesión cibernética.

¿A quién debo matar para escribir un verso decente, quién debe sufrir mi implacable tortura, a cuál terrible trasgresión debo sucumbir, cuál droga posmoderna debo ingerir?

Aun envuelto en la tragedia, no vienen a mí esos geniales poemas como lluvia en plena canícula. No cae el frío como avalancha alpina, no caen colores como arco iris fluorescente. No veo la trillada luz al final del túnel. Sólo me pesa este ser sin conciencia, este hombre sin alma, sin musa, sin aura, que maniáticamente escribe estas letras.

21 de agosto de 2006

Asesina de poemas, quiero decirte que me interesan tus besos en cierta medida, me importan tus caricias hasta cierto punto, me gustan tus ojos sonriendo y tu boca devorando mis ansias, pero ante todo, quiero ser enfático… me interesa tu sexo.

No suena muy poético, no es muy romántico, pero me cansé de la hipocresía de ser quien no soy, de escribir poemas de amor como artilugios de mentira.

No me importa que asesines mis poemas, que mancilles

mi intelecto, que cortes mis alas o te comas mi corazón. Me humillo, me destruyo, me degrado, me rindo, me venzo, me torturo, todo por tu sexo, todo por tu sexo.

Es mi prioridad diaria, succionarte hasta la raíz, adentrarme tan hondo que no quede espacio, revolverme con furia entre tus líquidos, ver tu río crecer hasta ser un huracán. Fundirme en un abrazo eterno en el que no se distinga tu cuerpo de mi cuerpo. Conjuntar mis moléculas, células y neuronas en un solo amasijo de convulsiones y alaridos. Ser y no ser en un sólo, mágico y banal, instante.

30 de septiembre de 2006

Traspasar el umbral del sueño, sin saber si se está despierto o dormido y encontrar desnuda en tu cama a la mujer perfecta. Y después destruirla golpe a golpe, grito a grito hasta mutarla en algo aceptablemente imperfecto.

Convertir a la musa en una pulcra asesina de poemas, porque la perfección absoluta es como esa dulzura que empalaga hasta el vómito. Porque no hay nada más hermoso que lo inconcluso y no hay nada más estúpido que lo genial.

15 de octubre de 2006

Acabo de descubrir que el orgasmo y la poesía son la misma cosa. Tan lacónicos en este mundo perdido en sí mismo. Tan absolutos como la palabra muerta. Tan trascendentes como el sol o una hormiga. Tan infinitos como el beso de una mosca. Tan llenos de nada y de todo en el mismo perfecto instante.

Todo es, otra vez, parte de una misma cosa. Mi musa eterna, mi mujer innombrable es también la más temible asesina de poemas. Pobres poemas desventurados, aniquilados con una sencilla mirada o con la más despiadada trama jamás maquinada en estas callejuelas de plata.

28 de noviembre de 2006

Parecemos tan lejanos, tan extraños, qué remotos están aquellos días en los que éramos uno. Lejanas aquellas edades en las que habitaba en este amor sonámbulo y que deambulaba por los mares prohibidos de tus labios. Constipado de tus olas, vendí mi orgullo en las esquinas, sólo por navegar entre las cuevas de tus gritos.

Recuerdo que contigo ardí siniestro con una revolución, que ahora me llena de desencanto y de profundas dudas existenciales. Millones de preguntas se aglutinan en los armarios de mi mente y me persiguen en un interminable ejercicio filosófico.

Y es que ya pocas cosas llenan mi corazón. Solamente la risa de la música y la tierna voz de la luz, me ofrece un ápice de consuelo. Partido en múltiples identidades, me siento como un esquizofrénico circunstancial.

Dudo inclusive de mis dudas, porque la existencia de Dios, o sucumbir o no a las tentaciones del oro y del placer, son pueriles cuestiones comparadas con los *affaires* que me agobian. ¿Quién puede ahora venderme un poco de consuelo en este levitar endemoniado, quién puede detener este vaivén demencial, este dolor que me empala, quién me dice mi palabra, encuentra mi algoritmo, resuelve mi teorema?

¿Serás tú otra vez?, mujer innombrable, aquella que dijo la frase perfecta en el instante preciso. ¿O sólo será, asesina de poemas, el deseo que seas aquella mujer, un deseo que camina pendenciero hasta el precipicio?

¿Cuál golpe?

Fue un 25 de julio de 2009 cuando María, en medio de la agitación nacional por una crisis política de espanto que unos llamaban sucesión constitucional y otros Golpe de Estado, se presentó al Centro de Estudios Neurológicos (un mejor laboratorio que los Zambrano encontraron en sustitución de aquel que tenía la máquina para los MRI en un *conteiner*) a recoger las placas del último examen de control que le habían realizado a la niña.

Cuando pidió en la ventanilla sus exámenes, se apareció a los pocos minutos la doctora Chen, por casualidad también con apellido oriental, pero igual que la doctora Quan, la oncóloga, sin ningún, o con un muy leve rasgo del lejano oriente, dejando entrever que se trataba de la tercera o cuarta generación de descendientes asiáticos, mezclados con los locales. Chen era neuro-radióloga y en los últimos años había realizado la interpretación de las placas de Andrea, siempre con buenas noticias relativas a la estabilidad del tumor.

Sin embargo, en esta ocasión cuando María vio los ojos de la doctora, supo que las buenas noticias habían terminado. "¿Creció?," preguntó con las lágrimas listas para disparar. "Sí y es un crecimiento importante. Pero no todo es malo –continuó–. No hay ningún daño apreciable en las estructuras adyacentes."

Pero María ya sabía que el problema era lo que el glioma no dejaba ver. Los nervios ópticos y la pituitaria. Con los años los Zambrano se habían convertido en auténticos especialistas neurológicos y oncológicos. Para sumar la desgracia, no la del país sino la que agobiaba a María, Adrián había partido en un viaje de trabajo y por la bendita crisis política no había podido regresar.

María trató de apoyarse en su cuñada, Claudia, la hermana mayor de Adrián, del primer matrimonio de su padre, una señora que ya pasaba los cincuenta y cinco, que siempre había sido una buena consejera, pero con quien su esposo había mantenido en los últimos meses una prudente distancia, porque sus posturas políticas fueron avanzando, como la de muchos compatriotas, hacia posiciones extremistas que llegaron a su clímax en aquel junio del 2009. María y Adrián, aunque en cuestiones espirituales discutían, en asuntos ideológicos mantenían una sólida postura de centro izquierda, que los tomó en medio de este viacrucis nacional, ni con unos ni con otros.

"Yo creo que esto que le pasa a Andrea María es culpa del golpe," le dijo Claudia cuando María le habló por teléfono para tratar de encontrar a alguien que le ayudara a tomar decisiones. "¿Pero cuál golpe, Claudia?" contestó María asumiendo que tal vez su cuñada pensaba que la niña se había caído. "Cómo que cuál golpe, claro que fue golpe, como se le puede llamar al hecho que hayan expulsado de esa forma atroz al señor presidente, esto ha sido una vejación inaudita, los asquerosos milicos se aliaron a los burgueses oligarcas, con seguridad con el apoyo de los malditos gringos…"

Sin éxito, María trató de explicar a su cuñada que ella se refería a Andrea, pero no pudo hacerse escuchar en medio del prolongado discurso socialista del siglo XXI, al tiempo que no salía de su estupefacción porque Claudia creyera que lo que le pasaba a su hija pudiese ser producto de los acontecimientos políticos del momento. Con tristeza, además confirmó, que referirse al mencionado suceso, ya sea como golpe o como sucesión constitucional, definía a la persona de por vida, de un lado o del otro de la barrera.

Con aquella infortunada conversación ella y Adrián quedaron definidos, para la familia de él, como *golpistas*, aunque para la familia de ella y muchos colegas, por sus antecedentes estudiantiles y varios juicios que habían llevado defendiendo los derechos de trabajadores piñeros, los Zambrano eran a todas luces *cuatreros*, como también se les llamaba a los partidarios del presidente derrocado, que intentó imponer una cuarta urna en las elecciones generales para propiciar su continuismo en el poder.

En consecuencia, en medio de este país partido en dos, por la lucha intestina de esas dos manadas de lobos ávidas de poder (que trajeron de vuelta en ese momento, no solo los oscuros años ochenta sino además la latente amenaza de regresar a las montoneras de finales del siglo XIX), las primeras decisiones en relación a Andrea María las tuvo que tomar ella sola y ella determinó ir primero con el neurocirujano Barahona, un nacional recién llegado de los Estados Unidos en donde obtuvo además la especialidad de neuro-oncología, por lo que María sentía que podría definir un curso de acción mucho más holístico, en vista que unía en una sola persona a varios de los especialistas del *bullpen* de doctores que usaba su hija.

Sin embargo, a Barahona, para hacer cualquier recomendación, le hacía falta el diagnóstico oftalmológico. Y en este particular campo María sabía que el *expertise* nacional no era suficiente. Así bien, inició los contactos para llevar a la niña a Boston, a la clínica del doctor Logan, un neuro-oftalmólogo de avanzada edad que había convencido a los Zambrano en una visita anterior, con un sistemático examen clínico y sólidas explicaciones científicas con relación al tumor.

Cuando Adrián logró regresar a casa, María ya tenía la cita con Logan, boletos comprados, y permisos de sus respectivos jefes, de los trabajos de oficina que habían encontrado en la capital, teniendo que abandonar el sueño de su bufete propio.

Logan en la primera visita de los Zambrano a Boston había visualizado para Andrea María un escenario positivo por la relativa estabilidad que los astrocitomas pilosíticos de bajo grado suelen tener. "Tengo pacientes que tienen muchos años con este tipo de tumores y sólo los monitoreamos dos veces al año," decía Logan, con una sonrisa apacible y una apariencia bonachona que a la niña le encantaba. De hecho, él fue uno de los especialistas contrarios a la quimioterapia, pero los Zambrano lo encontraron hasta que la niña ya había terminado el tratamiento.

"La única razón que en mi concepto pudiese haber justificado la quimioterapia es que, con una niña de seis meses el examen visual es muy difícil y además como no hay exámenes anteriores es muy complicado apreciar si el tumor causa o no, daños en su visión," escribió Logan en su reporte la primera vez que examinó a Andrea María.

En la segunda ocasión, el doctor con un semblante de payaso de circo asustado, dijo que en efecto el tumor había tenido un crecimiento preocupante, de más del 25 %, pero que no encontraba, por lo pronto, cambios en la visión de la niña, tomando como referencia las pruebas realizadas el año anterior. "Inclusive la vista podría estar mejor," indicó Logan.

"Por ello, no creo que su condición amerite un nuevo ciclo de quimioterapia y llevar a cabo cualquier tratamiento de radiación o cirugía, me pondrían sumamente preocupado. Sin embargo, no puedo ser yo el único que opine, así que deben de también valorar con mucho cuidado las opiniones de los otros especialistas," agregó el doctor, como si Andrea María fuese un familiar y no un paciente.

Todo de nuevo era de un gris asfixiante, pero, aunque no fue Logan el único que vertió sobre el caso sesudas opiniones, fue su consejo médico lo que al final más pesó, para tomar la decisión de no aplicar la quimio y llevar ahora un monitoreo trimestral. A los tres meses la siguiente placa no mostraba crecimiento con relación a la anterior, pero si había un cambio pequeño, pero perceptible, en referencia al penúltimo examen.

Otra vez a decidir y con un examen visual estable, realizado, esta vez, en lo mejor que en su patria podían encontrar, se decidió nuevamente esperar. Se repitió la historia dos veces más, pero en el siguiente monitoreo trimestral, el tumor presentó otra vez un pequeño crecimiento y además Andrea María perdió tres líneas de visión, en un examen practicado, ahora, por otro especialista que decidieron consultar en Miami, recomendado por el propio Logan.

Cayeron en la suposición que los exámenes de visión anteriores practicados en la patria, porque viajar cada tres meses a Estados Unidos era imposible, habían estado errados, y que la condición de la niña empezó a empeorar una vez que regresaron de Boston un año atrás. Esto disparó las alarmas. En ese instante Adrián y María comprendieron que no podían seguir viviendo en su país. Que la historia se seguiría repitiendo año tras año y tanto para el monitoreo como para el tratamiento era imprescindible vivir en una nación de primer mundo.

Pero ese era un plan de mediano plazo. En el futuro inmediato debían decidir qué curso de acción tomarían. Entonces los Zambrano viajaron otra vez a Washington, esta vez con el doctor Pearson, un neuro-oncólogo de renombre, recomendado por dos de sus neuro-oftalmólogos. Antes de esto habían consultado a Filadelfia, en el hospital donde se había supervisado el primer tratamiento de quimioterapia, y en esta ocasión el Hospital Saint Joseph prescribió una primera, arriesgada y temeraria cirugía para reducir el tamaño del tumor, seguida de un nuevo tratamiento de quimioterapia.

"Será muy difícil que con una lesión de siete centímetros la quimio logre penetrar para causar algún efecto. Hay que reducir primero el tamaño del glioma," decían parcos y autómatas los doctores de este hospital, en un correo electrónico enviado a la doctora Quan. María entró con esto en una fase de desesperación que la llevó a un rezo continuo de casi tres días. Pensaba que una cirugía era abandonar la lucha por tratar de salvarle la vista a su hija.

*

"Qué pedos Tulio. ¿Cómo te fue con el pinta ese?," se acercó inquisidor Ricardo… "Hablá pendejo, ¿qué te pasa?". Insistió Ricardo, ante el silencio de Tulio, que se quedó parado en medio del pasillo mirando al suelo.

"El maje me asaltó," alcanzó a decir Tulio.

"¿Te qué?," repregunta Ricardo, espantado.

"Me robó," repitió.

"Puta, gracias a dios, creí que habías dicho "me violó.""

"Puta cabrón, no seas basura… el maje me sacó una navaja y me llevó a los matorrales. Me quitó la cadena, me llevó los Ray ban, el Swatch. Por la billetera ni me preguntó. Gracias a Dios no andaba el Bulova, porque ahí si me muero."

"Tulio, si tenés que confesar algo más que pasó en los matorrales, décilo ahora. Es mejor que esas mierdas salgan en el momento y no estar guardándose nada. Si hay que irte a revisar yo te acompaño papá, que es doloroso pero necesario. Perate que voy a llamar a Ferro para que te sostenga la mano," decía medio en broma, medio en serio, Ricardo el jocoso. "Ferro –chiflido– vení, Ferro –chiflido de nuevo– apurate."

"Y es que soy perro pa que me chifles," acude Ferro, meneando el rabo y jadeando como canino. "En serio culero, no ves que el maje ese asaltó a Tulio."

"El pinta ese, ¡no puede ser! Puta, hay que ir a la enfermería maje, que te revisen, que te hagan la prueba del Sida y todo eso".

85

"Que me asaltaron pendejo, no me violaron," replica molesto Tulio. "Y el Bulova", grita espantado Ferro, llevándose las manos al rostro".

"No, hoy no lo andaba. Vine con el Swatch," explica de nuevo la víctima.

"Gracias a Dios," dice Ferro, con un resoplido de alivio. "Porque yo te lo voy a pedir prestado para la salida del fin de semana y te iba a pedir los Ray Ban, pero ahora ni modo. Lo bueno es que estás bien, que no te pasó nada... y sí que seremos pendejos, que el maje ese se le acercó al único del colegio que anda con esas pintas y de remate te mandamos a negociar," se auto recrimina el expreso de oriente.

"¿Y no trataste de pedir ayuda, correr, o algo así, maje?," dice Ricardo, cuestionador.

"Me sacó una navaja grandísima, de esas que se abren, y me la puso en los huevos y me dijo que si gritaba o lo seguía me los iba a cortar," relató el compungido Tulio.

"Entonces si te violó," insistió Ferro.

"Que no maje, que no. Y déjeme que tengo que ir a reportar el asalto a la Dirección," responde Tulio, al tiempo que se alejaba caminando por el pasillo."

"Eso es negación," dice Ricardo a Ferro suavecito, quedándose unos pasos atrás en el pasillo. "Sí, maje. Al lado de la Dirección está la enfermería. Seguro que ahí también va," agrega Ferro, asintiendo.

"Vamos con él. Hay que acompañarlo en estos momentos duros," sentencia Ricardo, y luego agrega entre risas contenidas "duros como la verga que le metieron al pobre..."

Y Ferro lo acompaña con la risa atrapada en su mano y agrega "mira, que ni puede caminar bien... sí que somos basura de amigos maje, cállate, puta."

"Que no me violaron pendejos, me jodí la rodilla majes cuando me vine corriendo, dejen de joder," se voltea Tulio al escuchar las risas a su espalda.

*

En Washington, Pearson recomendó otro tipo de quimioterapia, el Vimplastin semanal, y no mencionó en ningún instante una operación. Es más, el doctor explicó que, si esta quimioterapia no funcionaba, o en años posteriores se presentaban nuevos crecimientos, había otro tratamiento, el EMCH 45, que era mucho más prometedor, logrando reducciones considerables en los tumores, pero con un riesgo elevado de provocar hemorragias y además disponible sólo en pocos hospitales de Estados Unidos y Canadá, en protocolos cerrados que no eran compartidos.

Por eso, la primera opción eran los 42 ciclos semanales de Vimplastin, que había tenido muy buena respuesta en un buen porcentaje de pacientes. Este tratamiento, disponible en su país, era mucho más intenso, pero tenía menos efectos secundarios.

De regreso a casa, iniciaron la quimio, con Andrea María ya de seis años de edad, lo cual hacía mucho más complejo el proceso. La niña ya no era una lactante, aunque volverle a darle pecho fue una idea que cruzó por la mente de María, descartada por las airadas reacciones de su esposo, hermanas y otros familiares. Por lo tanto, algo había que explicarle a Andrea en relación con el tratamiento que iba a recibir.

Decidieron nunca usar la palabra quimioterapia. La palabra era muy fea, decía la madre, y había a su alrededor toda una serie de horribles prejuicios. En cambio, le dijeron que le tenían que dar una "vitamina" para que su ojito malo volviese a ver, algo que a Adrián le enojaba porque sabía que las probabilidades eran muy bajas, a menos que avanzaran veinte años en el tiempo y la regeneración de nervios ópticos ya hubiese pasado de ratas a humanos, a lo cual ella le contestaba que para Dios nada era imposible.

O bien, cuando se trataba del monitoreo, le decían a la niña que le tenían que tomar una foto de su cabeza, ponerle unas gotitas para ver el fondo de su iris, o tomarle una prueba de sangre, todo ello para confirmar que la vitamina estaba trabajando.

Sobre todo, en estos momentos, Andrea María mostró su particular filosofía de vida. "Yo no sé por qué tanto examen y vitamina si yo con un ojo estoy perfectamente," decía la niña en cada prueba que le practicaban con un lenguaje que siempre parecía ser el de una adulta, lo que contrastaba con feroz hermosura, con su dulce, ¿qué dulce?, dulcísima voz de tira cómica.

Una de las partes más difíciles del tratamiento era el momento de la canalización. Mientras en los países civilizados a los niños, en una sencilla cirugía, les instalan un puerto, arriba del corazón, para desde ahí suministrar la quimioterapia, en el país de los Zambrano, los niños son canalizados cada vez que asisten al hospital, lo que hace que muchos de ellos tengan las venas reventadas, y, por tanto, sea cada vez más difícil canalizarlos a medida que la quimioterapia avanza. Los infantes de altas dosis, tras unos seis meses han recibido piquetes en todas las partes imaginables del cuerpo.

Andrea María en su primera quimio, cuando era una bebita, en una ocasión fue inyectada once veces tratando de buscar la vena. Los padres quedaron tan impactados que cada vez era un suplicio el momento de la canalización, con rezo y rodilla al piso incluido. Para la segunda quimioterapia, la niña, con seis años, inventó un método, que rápidamente empezaron a usar otros niños de la sala.

"Yo lo que hago es que cuando me van a puyar tomó la mano de alguien a quien amo, lo miro a los ojos y repito, no me duele nada, no me duele nada, no me duele nada, hasta que la enfermera termina de canalizarme," explicaba la niña cuando le preguntaron cómo hacía para resistir tanta inyección sin ni siquiera un lamento.

Sobre todo, en esta segunda quimioterapia, en la que estaban un poco menos asustados y más conscientes de su entorno, los Zambrano vieron a flor de piel la pobreza de su patria, con niños que viajaban por horas y horas hasta llegar a la capital. Padres y madres abnegados que permanecían al lado de la creatura, pasando hambre, durmiendo en los pasillos del hospital (porque la fundación McDonalds, que en algún tiempo les dio hospicio a los desaventurados, ya no funcionaba en el país) y también muchos que dejaban a los niños, de cinco o seis años, solos en la sala oncológica.

El caso que más les impactó fue una pareja de no videntes de un pueblo remoto del interior del país que tenían a un niño de quizás un año y meses con un tumor canceroso atrás de uno de sus ojos, lo que obligó a los médicos a extraerle el ojo y después aplicarle varios ciclos de quimioterapia. A pesar de que la imagen de un niño con un agujero ocular vacío (porque no habían podido conseguirle un ojito de vidrio) era difícil de asimilar, el niño enternecía jugando futbol por toda la sala con una chapa de refresco. ¿Cómo se las arreglaban los padres para cuidar a la criatura? Nadie lo entendía.

Ya debe de ser difícil para unos padres no videntes cuidar a su hijo, no digamos velar por una creatura en medio de un tratamiento tan delicado como aquel. Además de cambiar pañales y preparar pepes, ellos debían dar pastillas, llevar un control estricto de la temperatura, y procurar mantener al niño entretenido las horas y a veces días que duraba la administración de la quimio.

"Si a mí me tocara yo le clavo el pepe en el trasero y le pongo el pañal en la cabeza," le decía Adrián a María, admirado por la forma en que la madre atendía a la creatura desde su total oscuridad. "Bueno, a mí eso me puede pasar con los ojos buenos," contestaba ella, riéndose. Adrián, varias veces se encontró al padre recorriendo con su bastón blanco el Hospital con destreza inusitada, a tal punto, que una ocasión en la que Adrián estaba perdido en aquellos laberínticos pasillos, después que llevó una muestra de sangre de la niña al laboratorio, le pidió por favor a Marcelo, como se llamaba aquel padre no vidente, que le dijera por dónde tenía que irse para llegar de vuelta a la sala de oncología.

"Me pregunta pa joderme o de veras ta perdido," le dijo Marcelo ante la pregunta. "No hombre, de verdad, si soy yo, Adrián el papá de Andrea María." "Ahhhh, la cipota no-me-duele-nada, si hombre, es que con esta bulla no lo reconocí. Si, ustedes son famosos por despistados. Pues mire, son 43 pasos rectos a mi espalda, después 67 a la derecha, 42 a la izquierda, ahí cruza por medio de un gentío hasta que encuentra las escaleras, cerca del tufo de los baños, baja 24 escalones, luego dobla en U, baja otros 22 escalones y a su izquierda está la puerta de la sala." Una dirección tan precisa nadie más se la hubiese podido dar y de hecho con los primeros 152 pasos era suficiente, porque después ya pudo reconocer el camino.

De regreso a la sala, Andrea María ya estaba sentada en su sillón, recibiendo el primer suero con el ondacetron, la medicina que prevenía los vómitos. María, la madre, junto con su mejor amiga de universidad, Julissa Aceituno, cuya amistad revivió al mudarse de vuelta a la capital, estaban en medio de una presentación de marionetas, tratando de mantener entretenida a la pequeña, y de paso a otros niños que se aglutinaban alrededor de Andrea María, arrastrando las torres con sus bolsas de suero y medicina pegadas a sus venas.

De estas jornadas María tuvo una inspiración. "Julissa, vos que estas sin trabajo y que sos maestra de primaria, por qué no le presentamos un proyecto a la Fundación de Infantes con Cáncer, en el cual vos desarrollas una serie de actividades para mantener entretenidos a los niños, con juegos, pintura, marionetas, manualidades, qué sé yo, tantas cosas que se pueden hacer. De esta forma se endulza un poco la amargura de estar aquí."

Julissa quedó fascinada con la propuesta, María escribió el proyecto y ella lo presentó a la Fundación. Dos meses más tarde la idea estaba en práctica y recibió la primera donación de un periodista, el director de la cadena radial de noticias más importante del país, que sufrió las penurias de la pobreza en su infancia, y que conoció a los Zambrano en la Universidad, porque además también estudió derecho. Considerando que no tenían una amistad estrecha, Adrián y María confirmaron que el corazón de Ricardo Villavicencio era grande, como decían varios amigos, porque, además, pidió total anonimato por la donación. A él le bastaba saber que los Zambrano y Julissa eran honorables y que por tanto velarían que el dinero fuese bien usado.

Villavicencio fue asesinado poco tiempo después, por un grupo de sicarios que lo interceptaron cuando se conducía a su trabajo, y le propinaron siete tiros en distintas partes del cuerpo. Su asesinato quedó impune e inclusive los motivos nunca fueron develados con absoluta claridad. El legado de Ricardo, con más de veinte años de carrera profesional y diversa obra benéfica, persistió, y parte de ese legado fue el Proyecto Andrea María que él ayudó a arrancar.

Mientras tanto los Zambrano empezaron a buscar oportunidades laborales en Estados Unidos y también comenzaron a juntar el tanate de documentos que se piden para la aplicación a la residencia canadiense. Con tristeza vieron que la abogacía era una profesión que no le interesaba en lo más mínimo a ese país. Les hubiese valido más ser carniceros para aplicar a Canadá, que cinco años de estudios en la universidad. Sin embargo, no se desalentaron y siguieron con el proceso buscando alguna forma de calzar con los intereses canadienses.

Después de un año de quimioterapia se dieron cuenta de que debían de llegar a un país de primer mundo más rápido de lo que pensaban. Los Zambrano no podían esperar a que Canadá respondiera en dos o tres años por su petición. Esperando, Andrea quedaría ciega. El segundo tratamiento de quimioterapia del prestigioso doctor Pearson, había fallado, y en las primeras evaluaciones fue visible que el tumor continuaba creciendo. Buscaron entonces un atajo hacia el primer mundo y lo encontraron aplicando a una posición en el Instituto de Comercio Exterior (ICE), que tenía oficinas en Estados Unidos y Europa, o bien, en algunos casos funcionarios dedicados a la promoción de exportaciones con su oficina en embajadas y consulados, pero financiados por el ICE.

Adrián, después de abandonar el bufete en su ciudad natal, trabajaba en un proyecto de simplificación administrativa que funcionaba adscrito a la Fundación de Fomento a la Exportación (FFE), una institución con fuertes conexiones en el gobierno.

Él había sido un apasionado por la economía y aunque nunca hizo estudios formales, a excepción de algunos cursos en el exterior en derecho mercantil, tenía bastante conocimiento en la materia. En su puerto era especialista en la agobiante tramitología de exportación y, de hecho, tenía entre sus clientes a varias cooperativas y pequeños empresarios que exportaban por primera vez.

Gracias a estas habilidades fue contratado por la FFE y en poco tiempo había realizado importantes aportes para la simplificación del proceso de exportación. La jefa de Adrián, Betty Inestroza, había sido funcionaria en una anterior administración y tenía una larga y reconocida carrera como economista. Doña Betty, como él le decía (sin que ella cada vez le respondiera "más doña será usted, dígame Betty, por favor"), conmocionada por el caso de Andrea, persiguió al Viceministro de Economía, Carlos Rivas, hasta que logró una cita con él, a la cual asistió con el currículo de Adrián y de

María en la mano. Ella sabía que se abrirían nuevas oficinas del ICE, una de ellas en Vancouver, Canadá, precisamente una de las ciudades donde había un Hospital con el protocolo cerrado del tratamiento que ahora Andrea necesitaba, tras el fracaso del Vimplastin semanal.

El Instituto de Comercio Exterior, que la propia fundación había ayudado a crear, estaba en un franco proceso de expansión, gracias a financiamiento internacional que llegó al país, una vez que se superó la crisis política con elecciones generales y la toma de posesión del nuevo gobierno. La junta directiva estaba conformada por el sector público y privado, pero la presidencia recaía en el viceministro de Economía.

Casualmente (o por designio divino, como dice María) el funcionario conocía a Andrea, porque su sobrina era su compañera de escuela y alguna vez había asistido a uno de esos multitudinarios actos cívicos en los que Andrea María destacó cantando una canción, con su dulce voz que enternecía hasta la más agria de las almas. Nadie entiende muy bien cómo es que el señor Rivas cayó en cuenta que aquella niña era la hija de Adrián y María, pero el hecho es que, una tarde, después de un par de meses de tensa espera, el viceministro llamó al celular de María.

"Buenas tardes le habla Carlos Rivas." María se incorporó de la cama sin saber con exactitud qué contestar. "Sí, dígame señor viceministro." "¿Cómo sigue la niña?," preguntó con un auténtico tono de preocupación. "Pues, como creo que le explicó doña Betty, urgimos salir del país. Ayer le hicimos otra evaluación visual y perdió otra línea de visión, así que entenderá que estamos desesperados. Señor Rivas, nosotros no queremos ir de paracaidistas, queremos trabajar por nuestra patria y a la vez tener la oportunidad de darle un tratamiento que le salve la vista a nuestra niña. Si pudo ver nuestros currículos creemos que tenemos el perfil para trabajar en el ICE." "Señora Zambrano, no tengo que escuchar más, ya vi sus CVs y si vienen recomendados por Betty, es suficiente garantía. El nombramiento lo haremos a nombre de su esposo, ya que su CV calza mejor con el puesto que está disponible," le dijo el viceministro.

María se quedó atónita, pensando que estaba soñando y que se despertaría en cualquier momento. "Perfecto señor Rivas, así yo podré dedicarme a la niña," alcanzó a responder. "Bien, trabajaremos en eso esta semana y mi asistente se pondrá en contacto con ustedes en dos meses, más o menos, porque es algo que toma su tiempo. Voy a hacer el nombramiento para el Consulado de Montreal, como funcionario asimilado lo que implica que hay que esperar aprobación de Cancillería. Luego vamos a hacer el traslado a Vancouver, cuando abramos nuestras oficinas allá, que es una de las ciudades que Betty me comentó que les conviene." "Si, Señor Rivas, muchas gracias, no tengo palabras…" "Dígame Carlos, por favor y le deseo la mejor de las suertes para Andrea María."

Luego el viceministro colgó, para continuar con la ajetreada agenda de un funcionario que en dos años y meses en el Ministerio hizo más que otros de sus colegas en 20 años. María se quedó con el celular en la mano como dos minutos más, todavía atónita. Pensando si realmente había sucedido aquella conversación. Abrió y cerró el celular varias veces verificando el registro de la llamada.

Vinieron dos meses, tensos en los que María se preguntaba qué pasaría si Rivas, por X o Y razón, no podía cumplir su palabra. Un martes por la mañana llamaron a Adrián del ICE, para decirle que su nombramiento estaba listo. Debía presentarse a formalizar el trámite, a llenar varios papeles y a participar en una capacitación. De esta forma, el viceministro y Betty Inestroza se sumaban a la lista de ángeles de Andrea María y los Zambrano se sintieron con ellos eternamente en deuda.

Sin embargo, las oficinas del ICE en Vancouver nunca se abrieron, entrampada esta institución en los problemas financieros del país, que no pudo cumplir con las condicionalidades del crédito internacional que le otorgaron, y en cambios de rumbo de la política vernácula. En todo caso, el nombramiento de Adrián ya estaba hecho y los Zambrano se las arreglaron para encontrar atención de calidad para Andrea María en Montreal.

Quiso otra vez el destino o Dios, que una de las doctoras que había trabajado en los estudios del tipo del tumor de Andrea María para la implementación del protocolo de Vimplastin, junto con el doctor Pearson de Washington y el equipo de Vancouver, estuviese en el Hospital Saint Jude de Montreal.

Y, además, porque los designios divinos o las casualidades no vienen solos, la doctora Nadia Antar como se llama este nuevo ángel, conocía a la doctora Quan tras un congreso internacional realizado unos años atrás en Toronto. Cuando Quan fue informada por María que su destino final sería Montreal se comunicó de inmediato con Antar, quien con mucho gusto recibió a los Zambrano.

Además, quiso el destino o quiso Dios (la eterna disputa entre María y Adrián), que los Zambrano llegasen a la única provincia de Norteamérica donde la lengua principal es el francés, idioma que sus hijas ya conocían después de sus primeros años de enseñanza en el único liceo francés de su país, seleccionado por los Zambrano, no tanto por el idioma, sino más bien por su sistema de enseñanza.

*

Carmen empieza a incomodarle que toda la historia sea referida a su hermana y no existen señalamientos precisos a su persona. A pesar de que, ciertamente, la niña fue adorable, no se mencionan sus ataques de furia, su terquedad, su inmadurez extrema y bueno… más adelante en la vida acumuló otros muchos defectos.

Después se arrepintió de sus pensamientos. Ella no hubiese podido con la mitad de lo que a Adriana le tocó vivir. La fortaleza de su hermana era inexplicable, y todavía quedaban muchas otras cosas terribles por contar. En ese momento perdió la fuerza para continuar y decidió empezar con los clips azules que parecían mucho más intimistas.

Ciertamente, el azul, era el color preferido de su padre, no por una afición política, simplemente por una cuestión estética.

En movimiento

1

La incertidumbre profana que me alimenta esta mañana materializa en mis pensamientos todos los inconclusos anhelos. Todos los amargos recuerdos, todos los perversos miedos, todas las furias y desesperanzas que alguna vez habitaron mi cuerpo.

Esta desesperación, este terror a todo, esta sensación de desamparo, este entendimiento perfecto de la tragedia que se avecina. Paralizado, contemplando el maniático tren que se apresta a embestirme, empiezo a sospechar que, quizás, nunca encuentre trascendencia.

Atrapado en mis miedos esa sospecha se convierte en certeza. Y eso me aterra, me estremece, por este ego enorme que me cubre y me estruja. Por esta megalomanía introvertida que ha maldecido mi destino, por esta creencia de que algo importante puedo hacer en esta existencia.

Entonces, en un resplandor de lucidez, entiendo, que para seguir viviendo debo correr. Así, dejando atrás esta obsesión por la meta, me lanzo a la fantástica carrera a tropel de la poesía cinética.

2

En la carretera de la fantasía, encuentro deambulando de regreso millones de mensajes peregrinos que se quedaron sin causa, ni ideal. Mensajes enigmáticos, que sin éxito impulsaron revoluciones iracundas, golpes de Estado populistas e invasiones espectrales y alienígenas.

Porque el mundo se convirtió en una pequeña pelota, casi un maule, una insignificante canica, un planeta eternizado e idealizado con hidrógeno en su interior. Por eso… los mensajes locuaces regresan en la fantástica carretera que aparece como un camino paralelo a la popular autopista de la lógica asesina.

Autopista trivial, repleta de máquinas de exterminio, en la que este lápiz es un lápiz, el papel es un papel y yo no soy un mago con un cañón de tinta que fecunda millones de planetas.

3

Creo llegar a mi destino perspicaz cuando veo pulular en interminables praderas enormes crucifijos diagonales. Miro el horizonte meridiano y encuentro poemas secándose al sol en pomiformes tendederos.

Regreso con la mirada al camino recorrido y advierto gigantescas manzanas con árboles colgando de su epidermis. Intuyo que este mundo invertido no es mi destino final.

Un dolor en mi cuello me hace mirar de soslayo como en un *déjà vu*, tan poderoso como una mujer desnuda. Entre manantiales diviso nuevamente la carretera fantástica que continúa su trayecto.

Arriba o debajo de mí, no puedo saberlo, hombres y mujeres vestidos de gris manejan convencionalmente hacia su trabajo, mientras yo reinicio la marcha en este camino esquizofrénico.

4

En esta loca carrera me dejo guiar por maniáticos suicidas y embisto a ideales podridos hace décadas. Esquivo a los vicios totalitarios con sutilidades genocidas y cañonazos de idiotez. A lo lejos, en el límite del sol y la cordura, líquenes y amapolas crecen en anuncios fluorescentes. Apenas esquivo un perro tatuado que corre en los caminos de mi miedo, y unos ojos color miel me otorgan esperanza.

5

Adelante, al borde del camino miro flores rojas pululando y recuerdo que el mar pacífico creció en el patio de mi antro. Recuerdo al padre de mi madre enseñarme la esencia misma del orden del universo, cuando me pidió con dulzura y firmeza limpiar aquel caótico espacio. Los recuerdos son así, viajan como estrellas, imperceptibles, transmutables y silenciosos. Empiezas rememorando una planta y terminas clavando a tu abuelo en el corazón.

6

Detengo mi travesía frente a una iglesia y automáticamente hago el signo de la cruz sobre mi cuerpo. Me ataca al unísono la reflexión de que quizás Dios es una máquina creadora de planetas, que los hombres encontrarán descompuesta en el ocaso del tercer milenio.

Belcebú, un simbolismo social imprescindible para arrojar las culpas sobre alguien. Las religiones, las sectas y otras hierbas similares, sistemas sicológicos con millones de pormenorizados ritos que perpetúan la existencia de un estatus enajenado y conformista.

Sin embargo… en caso de que el cielo no sea un club para aburrida gente formal ni el infierno un bacanal lleno de hermosas mujeres pecadoras, levanto una plegaria pidiendo perdón por este poema. Por cualquier cosa.

7

Bajo la ventana de mi humeante compañero y canto como una morsa afónica, perdida en ultramar. Transito como una obesa jirafa borracha, carnívora, risible y desquiciada. Acelero hasta el límite de lo posible, ya que en mi corazón hay un león, tan valiente como un tartamudo en un colorido concurso de oratoria.

Porque montado en esta máquina de muerte, esta supuesta testosterónica valentía es usualmente sinónimo de estupidez. Y es que en mi intelecto hay un ratón, totalmente alérgico a la lactosa, y mi audacia es un halcón con miedo a las alturas, mi tenacidad, un topo claustrofóbico y mi esperanza una hiena amargada.

Cargo este infinito zoológico en cada metro devorado, en cada etéreo suspiro, en cada insulsa palabra.

8

Me convierto ahora en un viajero del tiempo, cuando estas planicies interminables me entregan oníricas reflexiones que me arrancan sordos suspiros. De nuevo, eléctrico viajo al futuro de mis sueños y pinto de colores ardientes las paredes de mis palabras.

Sufro con angustias de odiseas no realizadas, fustigo mi ingenio con metáforas imposibles, corrompo mi espíritu con placeres inexistentes. Y me cuestiono: ¿Dónde encuentro la cordura en este mundo absurdo e ingrato? ¿Dónde está la lluvia seca que quita nuestras lágrimas? ¿Dónde encontrar el sosiego para este calor que hierve en mi pecho?

Desdoblo millones de líneas temporales que implacables nos atraviesan, transbordándome a otro momento-lugar. ¿Quién dice que la teletransportación no existe? Si el pensamiento, el tiempo y el espacio son el mismo caldo, la misma arena en la playa de los cambios, el mismo motor de la furia de la Historia.

9

No habituado a tal extensión de horizonte, de la reflexión tránsito a un profundo aburrimiento. Busco incesante alguna ardiente chispa mientras el tedio me atrapa con sus garras. Maldito tedio, estío infinito que me encarcela como una mara sangrienta de estirpe catracha, como un celular que te chupa el alma, como una mazmorra, húmeda y sombría.

Maldito tedio, ávido conformismo sincrónico veneno, asesino de muertos, ave rapaz, predadora de esperanza, luz oscura, algoritmo del prisma. Hastiado del hastío me libero de improviso con este poema navegante que planea sobre estas praderas.

Me libero como el imprevisto previsto en la conspiración universal para aniquilar la alegría, para exterminar la risa.

10

Continué mi carrera buscando salvar la luz en sus ojos. Arribé a la capital del jazz una noche iracunda. Temblé como tiemblan las hojas de la palmera en pleno huracán. Temblé en una convulsión perenne que ha durado 13 años y apenas ahora amengua. Temblé con cada una de las palabras de los hombres de blanco.

Temblé gemebundo y tiemblo al recordarlo. Y persistí en mi carrera… Tropecé entonces con Babilonia *where I see a different city chaque fois que je tourne la tête*. Y en mi cabeza *ride on, ride on, ride on, ride on, ride on, ride on* en este trayecto interminable.

11

Me interno en esta Babilonia esplendente que huele a hierba por doquier. Transito por sus calles destruidas siempre en permanente construcción y me maravillo con esa mágica conjunción entre lo antiguo y lo moderno.

Aquí, Smith y Karl toman un café al pie de Notre-Dame. Discuten, altercan, alzan la voz y se insultan, pero, al final, de alguna forma incomprensible encuentran la tolerancia... y avanzan.

Encuentran su evolución social, su revolución tranquila, su *move on, although Smith argues in English et Karl crie en allemande.*

*

Su padre siempre sufrió una fascinación enfermiza por la revolución tranquila vivida en Quebec en los años 60. Aunque, ella siempre le remarcaba, que en realidad no había sido tan tranquila. Y él le respondía: "compárala con la bolchevique, con la cubana, la nicaragüense o cualquiera de las revoluciones africanas." Y tras unos segundos de pausa agregaba, "además Cocota —como él le llamaba— no es solamente la cantidad de muertos o el nivel de violencia. Es la dimensión de los cambios. Significó evidentemente el ascenso de la pequeña burguesía francófona, aliada al proletariado de la provincia, pero además es importante ver el ritmo de las transformaciones y la madurez social asumida por el lado anglófono de la provincia y del país, entendiendo que los cambios eran impostergables."

"Esta revolución fue en realidad una evolución social y son los cambios evolutivos los que perduran. Mira donde está Cuba, Venezuela, mira donde está Rusia, no son buenos lugares para vivir. Quebec, Canadá en general, si lo es, igual que los países escandinavos, porque los cambios se hicieron, en forma paulatina, pensando en la gente, no en la sed de poder de unos pocos, que enarbolaron falsas banderas populares."

Aunque su padre había estudiado Derecho, en realidad su verdadera pasión había sido la economía, que lo llevó a realizar un pequeño postgrado en economía para el desarrollo en Montreal.

Carmen confirmó el amor de su padre a esta ciencia al encontrar otro grupo de documentos con clips azules, pero un azul más oscuro, que claramente no tenían un formato literario. Lo que si le sorprendió fue el cruce de la economía con la ciencia de la comunicación, algo que no tenía la más pálida idea su padre hubiese estudiado, formal o empíricamente.

Le llamó mucho la atención las similitudes entre las propuestas encontradas en estos escritos con los acontecimientos ocurridos en Centroamérica en los últimos años. No tenía manera de conocer la fecha de los textos, pero en la lectura de las primeras hojas podía vislumbrar varios fragmentos del modelo de desarrollo que impulsó la unión centroamericana, hacía 20 años, justo cuando su padre regresa a la región, retirado de la Canadian National Railway (CNR), de donde había trabajado en el departamento legal por más de diez años.

Ella sabía que su padre, como asesor del Banco de Desarrollo de América Central (BDAC) había contribuido a realizar las conexiones entre esa institución y el Parlamento Centroamericano, con la CNR, para la concesión millonaria que arrancó el proyecto para el ferrocarril centroamericano, que a la postre fue motor fundamental de la Federación. También conocía de sus nociones en cartografía, ya que era especialista en el análisis legal para definir las rutas de proyectos ferroviarios.

Sin embargo, no tenía la menor idea que don Adrián estuviese además entre los creadores del modelo de desarrollo, que estuvo atrás de ese proceso. Encontró entonces un texto en el que el nombre de su padre figuraba entre otros seis autores.

Un Sistema de Comunicación para el Desarrollo Acelerado

El objetivo del presente documento es perfilar un proyecto de investigación que proponga un Sistema de Comunicación para el Desarrollo Acelerado (SCDA), cuyo punto de partida sería la propuesta amplia de un perfil de Modelo de Desarrollo Acelerado (MDA).

Como caso de estudio proponemos la República de Honduras, Centro América, por el conocimiento que tenemos acerca de este país. Sin embargo, el SCDA y el perfil de MDA serían estructurados de tal forma que sean aplicables tanto en el nivel local y provincial, en un país desarrollado o en un país en desarrollo.

Este modelo estaría sustentado en el libre mercado, justicia social y equitativa redistribución de la riqueza, mezclando elementos del paradigma de competitividad y del modelo socialdemócrata reformado, con la comunicación como un elemento estratégico en la promoción del desarrollo.

Además, en vista de las enormes disparidades existentes en la redistribución de la riqueza, especialmente tangibles en estos tiempos, tanto entre países, así como al interior de las naciones, ya sean desarrolladas o en proceso de desarrollo, este perfil de modelo incorpora el concepto que por medio de radicales innovaciones es posible realizar saltos de rana de desarrollo (*Leapfrogging*), para reducir estas diferencias de ingreso en mediano o corto plazo.

Evidentemente dichas innovaciones pueden ser tecnológicas, pero siempre serán necesarios realizar cambios en los procesos, porque es muy importante evitar la tentación de creer que solo la tecnología será suficiente para cambiar las estructuras.

En consecuencia, nuestra propuesta es que el SCDA propondría un perfil de MDA que sería puesto en debate en las diferentes instancias de la sociedad, por medio de diferentes mecanismos y herramientas, en un ejercicio constante de realimentación. De este ejercicio comunicativo de búsqueda de consensos, surgiría una versión final del modelo, del cual, los productos más importantes serían innovaciones que producirían avances en el desarrollo.

De hecho, uno de esos productos debería ser un SCDA post modelo que promueva el desarrollo e impulse la democratización de la información en el mismo sistema integrado.

Por lo tanto, la comunicación sería tanto el combustible que construye los consensos tendientes al arranque del modelo, como el aceite que lubrica la maquinaría del desarrollo una vez en marcha el motor.

Ejemplificamos a continuación el camino que seguiría el SCDA en su proceso de aplicación, para de esta forma ayudar a la comprensión de la propuesta:

El sistema podría iniciar su accionar en el seno de una institución política hasta lograr la adopción por parte de esta agrupación de un modelo de desarrollo específico. Usando la misma metodología, está agrupación política propondrá su modelo en las diferentes instancias de la sociedad, en un proceso de afinamiento de su plan de acción (o plan de nación) y a la vez en busca de los votos para poder alcanzar el poder, ya sea a nivel municipal, provincial, o Estatal-Federal.

De igual forma, el perfil del MDA podría ser propuesto al interior de una organización, gremial, sindical, de la academia o de la sociedad civil, y llevar su camino hasta el poder, sumando adeptos, ya sea por medio de un partido político o en diálogo directo con la administración de turno.

Como ya se ha podido apreciar, el concepto que subyace en esta propuesta es precisamente que una versión final de un modelo de desarrollo incluyente debe ser estructurada a partir de una propuesta inicial que provenga desde la academia o desde instancias de poder político o ciudadano, pero con la participación de todos los sectores en un ejercicio democrático-participativo.

Aunque evidentemente el Sistema tomaría elementos de la práctica comunicativa conocida como Comunicación para el Desarrollo (C4D en inglés), la propuesta es ir mucho más allá, incorporando principios derivados del *Leapfrogging* aplicados a la comunicación.

Es decir, así como el *Leapfrogging* puede teóricamente acelerar el desarrollo, puede también acelerar la comunicación para el desarrollo. Sin embargo, este incremento de velocidad debe realizarse respetando los principios de objetividad, balance, imparcialidad y pertinencia que deberían prevalecer en una comunicación masiva responsable, para no caer en un libertinaje comunicológico en el que, por ejemplo, la opinión de cualquiera tiene el mismo peso que la opinión del experto.

Es decir, los saltos de rana en comunicación implicarían, por ejemplo, no solo incorporar a comunidades marginadas al Internet, sino incorporarlas para usar esta herramienta en la creación de redes para el desarrollo económico-social.

Evidentemente habrá elementos de educación tecnológica que serán difíciles de sobrellevar, pero precisamente eso es parte de lo que buscaría enfrentar un sistema de comunicación para el desarrollo estructurado y sistemático, una vez en marcha.

Perfil del Modelo
de Desarrollo Competitivo

¿Cuáles son las innovaciones necesarias para lograr un incremento sostenido en la producción de riqueza que permitan a un país, una provincia o una ciudad realizar los ansiados saltos de rana de desarrollo? Como hemos explicado, es objetivo del perfil del modelo plantear preguntas/propuestas preliminares, para abrir un proceso ordenado de discusión para tratar de dar respuesta a ésta y otras interrogantes.

Sin embargo, antes de eso es menester plantear algunos supuestos fundamentales. Se entiende al libre mercado como la fuerza productora de riqueza más poderosa de la historia (Sachs J., *El Fin de la Pobreza*, 2005). Al mismo tiempo, se asume la universalidad de la educación y la salud, como requisitos esenciales para alcanzar altos niveles de bienestar y equidad (Paquin-Lévesque, *Social-democratie 2.0*, 2014).

Así como lo indican numerosos economistas, para lograr el desarrollo, es fundamental incrementar la productividad, con la cual es posible aprovechar de mejor forma los beneficios del libre mercado, sobre todo si se incorporan a las pequeñas y medianas empresas para mejorar la redistribución de la riqueza. La innovación, ya sea tecnológica, en los procesos, o una combinación de ambas, podría ser la clave para elevar esta productividad y con ello alcanzar una mayor producción de riqueza.

Por otra parte, el fomento de la universalidad de la educación y la salud son básicos para fomentar una justa redistribución del ingreso. Esta universalidad puede ser provista desde el Estado con el complemento de la iniciativa privada, bajo nuevas estructuras (o estructuras ya existentes renovadas) que aseguren esta universalidad.

Es preciso aclarar que esta universalidad no significa el simple acceso a la educación y salud. La universalidad implica la aspiración de que toda la población puede tener acceso por igual a la misma calidad de educación y salud, un proceso que evidentemente deberá ocurrir bajo un principio de gradualidad.

Por lo tanto, debe procurarse reducir la posibilidad de que unos pocos puedan pagar una mejor educación o salud, ya que el solo hecho que esto ocurra significa una disparidad en la distribución de la riqueza que se perpetúa en un círculo vicioso eterno.

El modelo plantearía que la educación y la salud deben de ser de la mejor calidad posible por igual para todos. No se trata de quitarles la posibilidad a los que tienen mayor ingreso de pagar una mejor educación y salud. De lo que se trata es de darle gradualmente acceso a los que no tienen, a esa misma educación y salud.

Actualmente las experiencias más exitosas en cuanto a cobertura y calidad de la educación básica están en los países escandinavos, en donde la educación privada prácticamente no existe. Sin embargo, a nivel universitario, en donde la investigación juega un papel fundamental, las universidades estadounidenses tienen los primeros lugares. De esta disparidad, resulta evidente que la búsqueda de un punto intermedio es clave.

Otros elementos del modelo, como un pacto fiscal en el que los impuestos sean dirigidos a fines específicos y no a una bolsa común, la focalización del financiamiento y cooperación internacional a fines y puntos geográficos específicos acordes con las prioridades nacionales, así como un ambicioso plan de inversión en infraestructura, serán explicados en secciones posteriores.

Supuestos teóricos…

Carmen no pudo seguir. Se cansó de tanto detalle técnico. Ella gustaba de la literatura y no de la teoría. Sufrió a montones con sus clases de teoría literaria y amó siempre las clases prácticas. Pero igual estaba extasiada e hinchada de orgullo. Aunque don Adrián, al llegar al BDAC con 65 años, siempre tuvo el humilde papel de asesor, leyendo esás aburridas páginas Carmen descubrió que el rol de su progenitor fue mucho más importante de lo que ella había figurado; en el seno del BDAC, gracias al presidente que llegó por aquellos años, Emilio Nardi, se fraguó la Federación. Se logró por fin domar a aquellos lobos, los locales y los externos, aquellos grupos de interés con un apetito insaciable por el poder y riqueza, que absurdamente mantuvieron separadas a esas cinco naciones.

Su padre era primo de una prima de Nardi, por lo que ella se figuraba que él no tenía en realidad un papel trascendente en el banco y que más bien la chambita la había obtenido, usando mecanismos que él mismo había condenado, porque no quería aburrirse, hiperactivo como era; y al mismo tiempo para facilitar el regreso de la familia a tierras centroamericanas. Las páginas que acababa de leer le indicaban algo distinto.

Nardi hizo andar primero y después puso a correr aquel elefante blanco, que antes de él, poco había contribuido al desarrollo de la región, y al parecer su padre le ayudo en esta transformación.

Aunque pueda argumentarse que esta institución, antes de Nardi, había financiado varios de los proyectos más importantes de Centroamérica, eso no resulta tan significativo si se analiza que varios de esos proyectos beneficiaron, sobre todo al sector privado y mucho menos a la población. Y la teoría del derrame económico, ya está probado históricamente que en realidad no funciona, si no va acompañada de un aparato estatal sólido.

Solo durante la terrible crisis del Coronavirus los años 20, que hundió al mundo en una recesión económica dolorosa, parecida a la vivida cien años antes, este banco cumplió su función. Después de terminada la crisis unos años después, la salida del presidente que estuvo por aquellos años trajo que la institución retornara a su conformismo.

Ella recuerda las tediosas conversaciones en las reuniones sociales de sus padres en las cuales con bastante frecuencia la obra del BDAC era contrastada con los jugosos salarios de sus funcionarios y las desproporcionadas dietas de los representantes de cada una de las naciones miembro, lo cual salía de las aportaciones nacionales que venían además de los impuestos de los centroamericanos.

También se volvió famoso el tortuoso tráfico de influencias que existía para lograr un puesto, cuando, por ejemplo, se develó la contratación de la esposa de un ministro en una posición para la que no tenía ninguna credencial, a pesar de que la contratación había pasado por diversos análisis y entrevistas, inclusive con el *outsourcing* de agencias de recursos humanos externas.

"¿Para qué hacen toda la patarata de un proceso serio, gastando un montón de dinero, si al final van a nombrar de dedo?," recuerda ella que se preguntaba su padre.

Nardi llegó a cambiar todo eso y justo cuando llega don Adrián al Banco inician los "Diálogos para el Desarrollo", bajo el liderazgo de un comunicador, de esos consultores internacionales connotados, cuyo nombre no logra recordar, quien estructura sendos conversatorios a los cuales invita a líderes de las más variadas organizaciones, decía este personaje "para formular y poner en marcha proyectos que partan de las necesidades de los sectores económicos."

Carmen expandió la pantalla de silicona de su reloj y trató de buscar el nombre de este individuo en Internet, pero no logró encontrarlo. Creía recordar un comunicador local que siempre lo acompaña, pero igual su identidad se le escabullía. En pleno 2054, todavía existen cosas que no se encuentran en la red y están atrapadas en alguna biblioteca o en algún rincón de la memoria.

De lo que recordaba de estos "Diálogos para el Desarrollo", que después fueron sustituidos por las "Mesas de Concertación", que tienen ahora un carácter oficial y no simplemente propositivo, le llamaba la atención que la metodología era muy parecida a la explicada en los textos recién leídos.

Podía estar equivocada, pero no encontró nada concreto para desvirtuar o confirmar su suposición. Este documento había tomado la metodología de este personaje o el consultor la había adquirido de su padre y sus coautores. No lo sabía.

Lo cierto que derivaron de aquí impresionantes propuestas que, cuando requirieron del apoyo de alguna Ley para convertirse en proyectos en marcha, el BDAC acudió al Parlamento Centroamericano, otro elefante blanco que fue dinamizado por otro líder incuestionable de la Federación, Sebastián Cisneros, expresidente salvadoreño.

Este político, tras impulsar determinantes transformaciones en su país, llevó adelante un proceso de cambio en el Parlamento y de esta forma gestó el advenimiento de la verdadera Unión centroamericana y no el remedo de integración que había funcionado en años anteriores.

Carmen vio desde Canadá, allá por el 2034, la impresionante metamorfosis de su tierra natal de una región atrapada en una vorágine de pobreza, violencia, corrupción e ineptitud, a una nación nueva en la ruta correcta en pro del bienestar de su gente. Todavía quedaban muchos problemas que resolver, pero al menos ahora había esperanza.

Cualquier duda sobre el importante papel de su progenitor en este proceso, se disipó cuando encontró un grupo de mapas de Centroamérica, realizados en forma empírica, diría ella, a partir de aquel viejo programa ya desaparecido, Google Maps, en los cuales se apreciaba diversos trazados alternativos del ferrocarril centroamericano, realizados entre al menos ocho o nueve autores.

Había en esos planos rutas que nunca existieron y otras que correspondían con el trayecto que aún recorre el caballo de hierro por estas tierras, ahora gracias a las tecnologías de punta con características híbridas, procurando reducir el uso de carburantes y a la vez promover el uso de la opción terrestre frente a la aérea, con sus emisiones monstruosas, y altamente nocivas de CO_2 en la atmósfera.

Este fue el primer proyecto en el que todos los sectores se pusieron de acuerdo en los "Diálogos para el Desarrollo del BDAC", que además contó con el beneplácito de la comunidad internacional como un ejemplo a seguir en la lucha contra el calentamiento global. Este fue por lo tanto el inició de la verdadera unión regional.

En esencia en los planos se perfilaban dos ramales principales del Ferrocarril Centroamericano. Uno bordeando la Costa Atlántica y un segundo por la Costa Pacífica. Sin embargo, en la realidad solamente el ferrocarril Federal del pacífico ha sido construido, desde Ciudad Hidalgo en Guatemala, donde se conecta a la red mexicana que inicia en Tapachula, viajando hacia el sur por las afueras de Retalhuleu, continuando a Escuintla, desde donde se desprende un ramal estatal hacia el noreste a Ciudad Guatemala, mientras el tren regional continúa hacia el sur a Chiquimulilla, cruzando a El Salvador al sur de La Hachadura.

Por el Pulgarcito de América el ferrocarril federal llegaba al puerto de Acajutla, luego subía hasta Armenia, continuaba a Lourdes, Santa Tecla, seguía por el sur de San Salvador, para luego bajar más al sur este hacia Flores, al aeropuerto internacional, la central logística más importante del país. Desde ahí el ferrocarril continuaba hacia el este por Usulután, San Miguel, hasta llegar al puerto La Unión, para luego subir al norte y cruzar hacia Honduras por El Amatillo.

Carmen recordaba que, en la inauguración, hace unos diez años, su padre le invitó a Centroamérica. Le dijo que tenía asientos especiales en la zona VIP, y acceso exclusivo a todos los actos protocolarios. Ella le respondió que esas ceremonias estiradas de vestido largo y esmoquin no eran su estilo y declinó su invitación, a pesar de que todos los gastos eran pagados. Nunca entendió lo importante que era aquello para él.

Sin embargo, esta vez el remordimiento no fue tan profundo, ya que, en un posterior viaje, cinco años atrás, Carmen aceptó hacer un recorrido por la región en ferrocarril, pero en la clase general, donde iba todo el mundo, nada de VIP o clase ejecutiva. Ella insistía que esas separaciones, que a los estadounidenses tanto le gustaban, eran reflejo y causa de la desigualdad social.

Don Adrián pensaba igual, pero con los años había empezado a saborear los placeres de un asiento mucho más cómodo a la hora de viajar y a ser, en cierta forma, permisivo con esa desigualdad que en su juventud había aborrecido.

En la nación de la hoja de arce, en el servicio público de bus o tren hace mucho tiempo que se habían esfumado esas diferencias, e inclusive en sus aerolíneas, hacía unos pocos años que las habían eliminado, ofreciendo a todo el mundo asientos con una razonable comodidad, lo cual al final era reflejo de una nación en la que las desigualdades sociales eran mucho menores.

"En Canadá todos somos VIP," le decía altiva Carmen a su padre. "Aquí todavía somos unos indios que necesitamos la diferencia de clases para auto definirnos," le respondía él, filosofando. Y con una sonrisa, de esas que hacía cuando lograba un jaque en ajedrez, agregaba, "bueno, *by the way* los únicos que no son VIP son los *amerindian* tan marginados como nuestros indios," a lo que su hija respondía con un refunfuño de indignante aceptación, en otra de las múltiples batallas intelectuales que padre e hija habían tenido, algunas ganadas por el padre y, con el correr de los años, cada vez más ganadas por la hija.

Esta comodidad VIP en varios países desarrollados incluido Canadá, era ahora imprescindible para viajar por vía aérea, sobre todo si se considera que el avión, por norma gubernamental, era usado solamente para viajes de más de 2000 kilómetros (exceptuando comunicación entre capitales), es decir, viajes transatlánticos, o bien, para cruzar hasta el centro de Canadá o de costa a costa.

Esta disposición tuvo una prolongada deliberación, pero la evidencia científica sobre los daños aplastantes de los aviones en la capa de ozono fue tan contundente que Europa, Canadá y muchos otros países en el mundo empezaron a aplicarla, con plazos fatales para dar tiempo al desarrollo de las redes terrestres híbridas de transporte, o bien, a opciones de energía no contaminante en aeroplanos, que empezaba a desarrollarse, todavía sólo para unidades relativamente pequeñas.

Hacia Estados Unidos, la comunicación por tren mejoró sustancialmente, sobre todo con Nueva Inglaterra y Nueva York, y empezaron a surgir buses híbridos intermodales para largos recorridos, con dos acordeones, que transportaban más gente y usaban carriles preferenciales en las autopistas. Obviamente los fabricantes de avión entraron al negocio de construcción de estos súper buses.

En el resto del gigante del norte, como en muchos otros aspectos, empezó a sufrir un rezago con relación al resto de las naciones desarrolladas, por la terquedad de muchos de no entender la inevitable transformación del planeta para contener los estragos del cambio climático. En Estados Unidos, la norma del uso de comunicación aérea sólo era aplicado para menos de 1,000 kilómeteros.

En cambio, Canadá había logrado avances considerables. Entre Toronto-Ottawa-Montreal-Quebec, funcionaba un tren eléctrico ultra rápido que fue la fascinación de su padre por mucho tiempo, ya que además le tocó trabajar en todo el proceso de su normalización, concepción y lanzamiento, en donde recogió un cúmulo importante de conocimiento que después llevó a Centroamérica.

Él la recibió en el aeropuerto El Goloson, a ella sus dos hijos y su esposo. En una nueva terminal que le recordó muchísimo a la sección del Pierre Trudeau de Montreal, inaugurada allá por el 2025, que conectaba a la terminal con el tren metropolitano eléctrico, que se lanzó por aquellos años.

Igual que en su ciudad, había un monorriel que los llevó directo a la estación de tren de donde iniciaron su recorrido por el ferrocarril hondureño que viajaba, primero hacia Tela y luego a Puerto Cortés, aunque en realidad no había necesidad de visitar aquel puerto, porque existía una conexión directa a San Pedro Sula.

A pesar de ello, el terco de don Adrián insistió, porque quería enseñarles la hermosa estación intermodal, construida con financiamiento canadiense, que funcionaba en su totalidad con energía solar.

Su esposo, Pierre Montesquieu, estaba en realidad tentado en tomar dirección contraria, hacia el este, ya que más allá de Trujillo, en Iriona, donde terminaba la red estatal había unos proyectos turísticos al borde del mar caribe, con unas residencias para retiro en extremo atractivas, con palmeras, arena blanca, mar color turquesa y atrás hermosas montañas, propiedad de fondos de pensiones canadienses en los cuales él era parte y por tanto podía obtener un precio preferencial.

También estaban inmensas exportadoras de aceite de palma africana y plantaciones de caobilla y teca, así como centros de aprovechamiento sostenible de caoba hondureña, que sólo crece en forma salvaje y es considerada la mejor del mundo.

Este combo productivo, sumado a otros muchos productos de la zona, entre ellos el ancestral banano y la ya tradicional piña, eran la principal razón para la construcción del ferrocarril, ya que el caballo de hierro tenía como fin primordial el transporte de mercaderías y como negocio accesorio el transporte de personas.

Empero, la insistencia de su suegro por hacer aquella travesía en tren hacia el oeste y luego al sur, fue tal que no pudo negarse. No fue un trayecto en exceso prolongado, pero después de cinco horas de avión, directo desde Montreal, él no estaba antojado de un viaje tan largo de tres horas hasta el Pacífico y luego tres horas más remontando hacia el noroeste hasta llegar a ciudad Guatemala, a visitar la familia de la madre de don Adrián, originaria de esas tierras.

Además, él insistió en realizar tres o cuatro paradas, para enseñarle a su hija y su familia otras muchas maravillas de aquel proyecto, y a la vez descansar del largo camino recorrido. Así bien, de Puerto Cortés el ferrocarril estatal hondureño bajaba hacia el aeropuerto de San Pedro Sula, que en realidad está en la Lima, pero que a estas alturas la gran área metropolitana del Valle de Sula ya es una sola cosa.

De ahí recorre el Valle, conectando los barrios industriales de Villanueva y Potrerillos, tal y como su padre lo perfilaba en sus viejos planos, cuando estos poblados eran municipalidades separadas, y no distritos adheridos a la autoridad Metropolitana del Gran Valle de Sula, como lo son ahora.

Aquí es donde lo proyectado por este grupo de autores, incluido su padre y la realidad sufre el primer cambio significativo. Ellos habían delineado que el ferrocarril subiese por

Santa Cruz de Yojoa, cruzando por la zona de amortiguamiento del Parque Nacional Cerro Azul Meambar, llegando a la Trinidad, luego a San Jerónimo, y luego bajando hasta el valle de Comayagua.

Este trazo seguía en cierta medida el curso del río Humuya, que los españoles usaron para transportarse en pequeñas embarcaciones desde la costa norte a Comayagua, la que se convertiría en la primera capital de la antigua provincia.

Las estaciones de tren en Trinidad, en el mapa de su padre tenían la forma de granos de café, figurando proyectos cafetaleros que beneficiarán a las pequeñas familias campesinas de esa zona, para lo cual escribía amplias notas técnicas al reverso del mapa, haciendo, en este caso e igual que en muchos otros, de la estación del tren un Centro de Promoción de la Competitividad (CPC).

Sin embargo el tren, en realidad, después de Potrerillos, en lugar de continuar hacia Santa Cruz de Yojoa, seguía hacia Río Lindo, y luego hacia El Mochito, donde existía una imponente estación para carga de producción minera, que revitalizó la producción de la vieja mina, al tenor de un CPC, que funcionaba con fondos gubernamentales, para beneficio de la multinacional canadiense que adquirió la mayoría accionaria de la mina, al tiempo que iniciaba el proyecto ferrocarrilero.

Carmen recordaba que al llegar a esta estación le reclamó este hecho a su padre, sin saber que el diseño original su intención había sido otra. "Entonces ese tren de tu Banco es para las empresas mineras canadienses. Para que los herederos de los colonialistas europeos continúen sacando de las entrañas de América el metal que nos han robado desde la Colonia," señaló ella, como era su costumbre, pasando por alto el hecho de que ella también era canadiense.

Don Adrián solo suspiró pesadamente y respondió a su hija, mirando hacia las montañas: "son las concesiones que hay que hacer por el bendito progreso. Porque alguna carnita hay que darles a los lobos para que dejen trabajar."

A continuación, la oscuridad llegó y después la luz. Con la construcción de uno de los túneles más largos de Centroamérica, el ferrocarril bajaba hacia el valle Jesús de Otoro, donde sí se instalaron modernos proyectos de procesamiento de café, que imaginaba Carmen sustituían a los que inicialmente estaban planteados para el norte de Comayagua, en los cuales se atendía además a la producción cafetera de occidente, incluido el delicioso café de Marcala que era su preferido.

Ahí hicieron una parada que les trajo a todos un sabor agridulce. Su madre había iniciado en Montreal, allá cuando ella era todavía una estudiante universitaria, un negocio de importación de café, precisamente con el café marcaleño como uno de sus principales socios.

El café se convirtió en la pasión de la familia, a pesar de que los éxitos monetarios fueron en un inicio, y por bastantes años, escasos, y el sustento real vino en aquel tiempo del trabajo del señor.

En Jesús de Otoro les recibieron los Fernández, amigos entrañables de su madre, que les brindaron un banquete a todo dar con las delicias de la zona. Lamentaron sus anfitriones que no tenían tiempo los viajeros canadienses de visitar las montañas en Marcala, y apenas pudieron dar un rápido recorrido por las secadoras, los almacenes y la torrefactora que, gracias a la semilla sembrada por doña María, con el apoyo de don Adrián, habían levantado.

En la empresa actualmente y por muchos años era su hermana Andrea María desde Canadá quien seguía inmiscuida, como catadora estrella que era y *maitresse* torrefactora, junto con su esposo Philippe, el gerente general en Montreal de la distribuidora para América del Norte.

Porque en Canadá, la compañía también tenía una procesadora, con la que ofrecían café fresco sin preservantes a sus clientes; cadenas de *coffee shops,* supermercados y tiendas de conveniencia. La empresa tostaba cada semana café verde traído desde Honduras, para que se pudiese apreciar en el primer sorbo toda la frescura del aromático.

"Si usted quiere comer *poutine* en Miami, no lo va a preparar en Quebec y enviarlo por correo. Lo tiene que preparar donde lo va a comer," explicaba su hermana a aquellos que preguntaban por qué no se procesaba en Honduras el café que se consumía en Canadá.

Para Carmen la empresa representaba en la actualidad una sesión al año en la que, en Asamblea General de Socios, se repartían los dividendos, que no eran escasos pero tampoco cuantiosos, y en la que se sentía complacida ser parte de algo que daba trabajo a una docena de personas en Montreal, y que a su vez estaba asociada a una cooperativa de café que beneficiaba a cientos de hondureños.

Atrás habían quedado aquellos tiempos en los que había sido la traductora oficial de la compañía, realizando todas las traducciones de los documentos legales y material promocional, del español al francés y viceversa. Y más atrás aún aquellos días en los que acompañaba a su madre a los mercados artesanales a vender café, en taza y en bolsa.

Lo último que vio en aquel hermoso valle fue un el letrero de "Café Lúmina, una luz en su mañana," marca inventada por su padres usando el sobrenombre de su hermana, que la cooperativa usaba también en Honduras, gracias a su especial asociación.

Desde Jesús de Otoro continuaron su camino hasta La Paz. Ahí las vías férreas forman un triángulo en el cual uno de sus ramales sube levemente al aeropuerto de Palmerola, otro sigue recto hacia el valle de Amarateca, para luego llegar a la capital Tegucigalpa, y el tercer ramal se dirige al sur hacia la frontera con El Salvador.

Carmen nunca tuvo claro el nivel de jerarquía de su padre en aquel asunto. Recuerda que tenían acceso a zonas que para el público estaban restringidas y que todos los empleados y funcionarios saludaban con mucha alegría al señor que justamente ese año había decidido dejar su puesto de asesor. Ya con 80 años, en aquel entonces caminaba con un leve renqueo, apoyándose en un fino bastón de madera.

El siguiente año a su viaje su hermana Leticia le contó y además pudo ver en las redes, un reconocimiento especial que el Parlamento Centroamericano, ahora la máxima autoridad política de la región y no solo una figura decorativa, les había hecho a los gestores de este proyecto. Fueron diecisiete personas que recibieron el reconocimiento, entre ellos su padre.

Este plan fue fundamental, no sólo para la integración, sino para un repunte económico de las naciones ístmicas. El ferrocarril centroamericano fue la piedra inicial para que las naciones, separadas en aquel entonces, decidieran invertir en ferrocarriles interoceánicos, un viejo trauma de varios de los países de la región.

Los nuevos proyectos se construyeron un poco buscando una tajada del tráfico de mercancía entre los dos mares, que por tren había tenido un aceptable crecimiento, gracias a las prohibiciones a cierto tipo de buques post-Panamá que eran en exceso contaminante, pero también con el objetivo de dinamizar el comercio al interior de las naciones y entre los países que a la postre se unirían en una sola nación.

Cada país construyó entonces su soñado ferrocarril interoceánico, conectado a la red federal en el pacífico. En el caso de Guatemala este sueño inicia en el Puerto de San José, sube y se conecta brevemente con el ramal federal en Escuintla, recorre hasta el sur, hasta Chiquimulilla y de ahí sube a Jalpatagua, Jutiapa, Zacapa, Morales y finalmente Puerto Barrios.

Familiares de Carmen le han dicho que está actualmente en estudio la conexión entre Puerto Barrios con Puerto Cortés, que vendría a ser el primer paso del ferrocarril centroamericano del Atlántico, ya que Honduras ya cuenta con la ya mencionada red que va desde Puerto Cortés, pasando por Tela, La Ceiba, Trujillo, hasta Iriona, usando en buena medida los trazos dejados por el ferrocarril de las compañías bananeras que se establecieron en este país a principios del siglo del zorro. Quedaría pendiente, muy lejano en el tiempo y en los sueños, el desarrollo del ferrocarril en el atlántico de Nicaragua y su posterior conexión con Costa Rica.

Por lo pronto, en El Pacífico, El Salvador se conecta a la red hondureña desde su puerto de La Unión hasta El Amatillo, y de ahí a Lamaní, enlazando con el resto del entramado con sus ramales hacia Palmerola, Tegucigalpa y la Costa Norte.

Por su parte, desde El Amatillo, el Ferrocarril Centroamericano viajaba hacia el este (porque aquí el continente hace una curva que coloca al mar caribe al norte) hasta Nacaome, desde donde además surgía otro ramal en la red estatal catracha que viajaba hacia Amapala, conectando a esta isla con tierra firme, una asignatura pendiente desde los primeros años de la reforma liberal de finales del siglo XIX, cuando los presidentes realizaban cumbres regionales en esta isla.

En Amapala, se instaló un hermoso proyecto turístico y una procesadora de productos del mar que ha logrado fama a nivel mundial por sus curiles en lata, una exquisitez con poder afrodisíaco, llamada también chucheca en Costa Rica, que estaba reservada para los pobladores de estas tierras ístmicas.

De Nacaome el tren regional continuaba a San Lorenzo, Choluteca y luego a la frontera con Nicaragua, en donde se instaló la Capital Federal como una pequeña ciudad burocrática, creada hace cinco años, unos meses antes de su viaje, para albergar a las máximas autoridades de la Federación.

Es aquí donde estriba la gran similitud de los planos de su padre y compañía con la realidad, ya que el diseño de las líneas férreas sigue en cierta forma, con diversas variaciones, los caminos obvios que cualquiera puede establecer en un plano de la región. Sin embargo, concebir un emplazamiento para una ciudad y que eso corresponda muchos años después con la realidad, eso era otra cosa.

La central logística que hace diez años se finalizó de construir al norte de la aduana Guasaule, con una zona libre que se delimitó por la carretera que por el lado hondureño va del desvío a la CA3, pasando por otro poblado llamado el Triunfo, hasta llegar a la frontera, y por el lado nicaragüense, desde ese mismo punto en las inmediaciones del poblado El Ojo de Agua bajando al sur hasta llegar a Somotillo, se convirtió en la novel Capital de la federación, hace cinco años.

Carmen quedó extasiada al encontrar hojas desperdigadas que en un inicio había separado sin entenderlas, el trazo imaginado por aquellos seis individuos, en cuenta su papá, de las principales avenidas y bulevares de Capital Federal, tratando de figurarse si en aquella zona cabría una pequeña ciudad burocrática.

Ahora bien, a partir de esta ciudad el trazo imaginado y el real se distancian en forma considerable. En lugar de seguir la Carretera Norte de Nicaragua que su padre figuró, llegando a Tipitapa, conectando ahí con Managua, luego siguiendo hacia el sur a Granada y de ahí a la frontera sur, el tren desde Capital Federal cruzaba hacia León, con un ramal que regresaba levemente al noroeste y conectaba al Puerto Corinto.

De León, continuaba hacia el sur paralelo a la Carretera Panamericana, hasta llegar a Managua, luego Masaya, Granada, Rivas y Peñas Blancas en la frontera con Costa Rica. Conectándose a esta red, el tren nacional nicaragüense partía desde Managua hacia el este a Juigalpa, luego a Rama y después a

Bluefields concretando la soñada conexión interoceánica que alguna vez a principios del siglo algún dictador demagogo prometió, en forma de inverosímil canal navegable.

En Costa Rica los trazos imaginarios del documento regresaban otra vez a asemejarse a la realidad. Aquí el tren nacional había logrado su nivel más alto de desarrollo, en cuanto a cobertura, aunque, contrario a su fama ecológica, continúan usando en varios tramos, viejas locomotoras de diésel que no han logrado sustituir, y que constituyen un verdadero atentado al planeta. En realidad, solamente el ramal federal era híbrido.

De Peñas Blancas el ferrocarril viajaba a las afueras de Liberia, tal como lo soñaban su padre y sus cómplices, en donde está el aeropuerto internacional Daniel Oduber Quiróz, que se habían convertido en una central logística y turística envidiable, igual que Comalapa, el aeropuerto salvadoreño, y Palmerola, en menor medida, en Honduras.

En este punto continuaba paralelo, a unos 15 kilómetros de distancia, a la Carretera Panamericana, hacia el sur hasta virar levemente hacia el este a las inmediaciones de Cañas y luego continuaba su trayecto más al sur hacia Puerto Caldera, contiguo a Punta Arenas.

De ahí partía el tren InteroceaTico (¿por qué los ticos escogen siempre esos nombres tan graciosos?, se preguntó Carmen) que, en un entramado accidentado, usando en parte el antiguo trazo y agregando nuevos segmentos por túneles o pasos elevados, llegaba hasta Alajuela, donde se conectaba a la red de tren interurbano de la meseta central, que pasaba por Heredia, la capital San José y llegaba a Cártago. Desde esta ciudad, InteroceaTico continuaba a Siquirres y de ahí al Atlántico a Puerto Limón, completando la conexión entre mares de los costarricenses, la más corta de la federación en lo que se refiere a personas, aunque las mercancías tienen diversas restricciones en esta ruta, debido a que transita por el corazón de la capital tica.

De Puerto Caldera el tren federal continuaba hacia el sur, hasta llegar a la frontera con Panamá. Está en proyecto, le habían comentado amigos de esas tierras a Carmen, conectar a la nación canalera, con su portentoso Canal interoceánico, a la red ferroviaria centroamericana, y por qué no, continuar hacia el sur y conectar con Colombia, atravesando las inexpugnables montañas del Darién, de las que no entiende su fama de inexpugnables. Al menos en los mapas tridimensionales, estas montañas, comparadas con las Rocallosas que los norteamericanos atravesaron hacía varios siglos, no parecen tan imponentes, ni en extensión, ni en altura. Su padre, lo más probable, tampoco lo entendía y por ello también habían algunos trazos de esta ruta que dejaba de ser morazánica y se convertían en bolivariana.

Carmen reflexionaba que en las mentes de los centroamericanos siempre ha privado una obsesión de conectar a los dos mares, para tomar una tajada del beneficio del comercio de las grandes potencias, o más bien, ha sido una idea impuesta por las grandes potencias en las mentes de sus subyugados para su exclusivo beneficio.

Siempre había caído en un segundo plano la relación entre el norte y el sur, al interior de Latinoamérica, la cual su padre ponía de relieve en sus trazos, sin dejar de jugar con el sueño transatlántico.

La obsesión de conectar a los dos mares era tan antigua como el mismo Colón, quien enajenado con esta misión de alcanzar un paso hasta la India, para lo cual fue contratado, dejó de lado la exploración de aquel continente que encontró por azar. Y los latinoamericanos son, al final, herederos de esta obsesión.

Después de este cúmulo de reflexiones logísticas y geopolíticas, Carmen decidió cambiar de aires y regresar, aunque fuese doloroso, al verde esperanza. Al leer las siguientes páginas, empezó a afianzar la idea que su padre tuvo en Montreal un amigo cercano, con quien, quizás, trabajó en CNR y luego en el BDAC, que lo llevó hacia los encantos de la Ciencia de la Comunicación, y que también fue su cómplice en el relato de sus historias y en la formulación de sus teorías.

En Montreal

Adrián llegó primero a Canadá. Lo recuerdo nervioso en aquella reunión de la Asociación de Centroamericanos de Montreal a la cual ambos asistimos. De la historia de su hija y de su familia me fui enterando al tiempo que nos hicimos amigos. Mi universidad, en la que cursaba mi primer año del Doctorado en Comunicación, no quedaba lejos de su oficina, por lo que de cuando en vez nos poníamos de acuerdo para almorzar o tomar un café.

A él le acondicionaron una pequeña oficina dentro del Consulado, desde la cual ayudaba a los empresarios de nuestro país a incursionar en el mercado canadiense, al tenor del Tratado de Libre Comercio, al tiempo que dedicó los primeros meses en la ciudad a perfeccionar su inglés y más tarde a aprender francés.

Adrián, a los tres días de estar en la ciudad, se reunió con la doctora Antar, que recibió el fajo de documentos y resonancias que el afligido padre le llevaba. Acordaron que en un mes que llegaba el resto de la familia, examinarían a la beba y le practicarían una nueva resonancia, para definir entonces el camino a tomar. Antar no se mostró segura de que el EMCH 45 fuese el mejor camino. Que podría ser, pero que había que evaluar, en el *tumor board*, todas las opciones, sin descartar una eventual cirugía.

Cuando las Zambrano llegaron a Montreal un mes después, el padre ya tenía apartamento y mobiliario para recibir a la pequeña, Andrea María, la de en medio, Carmen Cecilia y la madre, María. La hija mayor, Leticia Esmeralda, se quedó en la patria, terminando su carrera de Arquitectura. Arribaron un domingo de agosto. De hecho, el último domingo del verano. Todavía la temperatura era agradable, ni tanto calor ni tanto frío.

Cinco días después, cuando las hojas de los árboles empezaban a adquirir una inmensa cantidad de tonalidades cafés, llevaron a Andrea María a una nueva resonancia magnética y tras dos o tres días los llamaron a una nueva consulta. Otra vez, los Zambrano estaban en un *examination room*, con el mismo protocolo que ya conocían en detalle. Ahí se reunieron con la doctora Antar quien les introdujo al doctor Flanders, quien en realidad sería el oncólogo de Andrea María en el futuro. La doctora de origen libanés volvería a sumergirse en una nueva investigación, en esta ocasión sobre el genoma humano, por lo cual no volverían a verla en bastante tiempo.

Ambos oncólogos explicaron que el EMCH 45 no era una opción para Andrea, ya que el tamaño del tumor era demasiado grande, inclusive para esta poderosa droga. La radiación, continuaba siendo demasiado peligrosa, ya que con seguridad provocaría daños en la capacidad intelectual de la criatura, así que la mejor opción era una cirugía.

"El cirujano, el doctor Tremblant, ha realizado gran cantidad de este tipo de operaciones y los pacientes han salido de las intervenciones con casi ninguna secuela," les dijo Antar en un español un poco machucado, pero entendible. "Pero desde siempre, todos los doctores, nos han dicho que está cirugía es demasiado peligrosa, que los riesgos de que quede la niña ciega son muy grandes," replicó la madre.

"Si, es cierto, es una cirugía peligrosa, pero no se quitará todo el tumor, sino que lo más que se pueda. Con eso le reduciremos presión a los nervios ópticos y tendremos más tiempo para definir un siguiente paso. Pero el hecho es que la niña descansará por bastante tiempo de la quimioterapia," agregó la doctora, que procedió a traducir toda la conversación a Flanders, un anglófono originario de Edmonton, que no hablaba ni francés ni español.

Entonces los padres pasaron a conversar con el doctor Tremblant, y por primera vez en Norteamérica, entraban al despacho de un doctor, ubicado en el onceavo piso de aquel enorme Hospital. Ahí un señor, ya mayor, de tal vez sesenta años los recibió. El cirujano hablaba español, que para los quebequenses es fácil de aprender, lo cual facilitó mucho la comprensión del proceso.

Tremblant explicó paso a paso, cómo se llevaría a cabo la cirugía que duraría entre 12 a 16 horas. Les dijo que el Saint-Jude cuenta con un aparato de resonancia magnética en el quirófano, algo que sólo dos hospitales infantiles en Canadá tienen, y eso les permite ver durante la intervención el estatus de lo ocurrido. Les dijo que de unas 80 operaciones que había practicado, quizás dos niños habían presentado después de la operación alguna disminución considerable en su vista. Les habló además que la recuperación era variable, pero que por lo general los niños permanecían de una a dos semanas en el hospital y luego regresaban a sus casas.

Aún con este escenario positivo los padres mantuvieron sus dudas sobre el procedimiento y fue hasta que le hicieron el siguiente control oftalmológico, una semana después, en el cual Andrea María había perdido otra vez varias líneas de vista, que llegaron a una decisión. La visión de la niña era ya de 20/160 y si no actuaban rápido podría quedar ciega. Adrián y María aceptaron entonces la recomendación médica y decidieron operar a la beba.

La niña volvió a mostrar otra vez su increíble fuerza. La madre le explicó que tenía una piedrita dentro de la cabeza que estaba apretando los cables que llevaban la comunicación de su cerebro a sus ojitos y que había que sacar esa piedrita. "Yo ya me suponía algo," dijo Andrea con un tono de tristeza, pero de inmediato recobró la compostura y se fue corriendo a la computadora para contarles a sus primos en su patria que iba a ser operada.

En todo el proceso de preparación ella no mostró el más mínimo temor y fue hasta que ya estaba lista para ingresar que dijo "estoy un poquito nerviocita," y la madre conteniendo las lágrimas le dijo que no se preocupara, que sólo se iba a dormir con el humito de una mascarita mágica olor frambuesa, que le colocarían en la boca y luego despertaría en un chasquido de dedos.

Entonces, ella preguntó cuánto duraría la operación y la madre para no aterrarla, como ella estaba, le mintió diciéndole que serían sólo dos horas, en vista que para la niña el tiempo estaría detenido durante 15 horas.

Adrián y María entregaron a su hija, de batita y gorro azul, sosteniendo con su brazo derecho su peluchito Manchitas, uno de su multitudinaria colección, vestido de idéntica forma. La vieron alejarse en aquel pasillo blanco con tres seres vestidos de verde, hacia un salón con luces poderosas. Ella se fue tomada de la mano de la anestesista con quien, al iniciar a cruzar la primera de las tres puertas hasta el quirófano, comenzó a charlar en alegre parloteo. La escena parecía una película de ciencia ficción.

En varios tramos del espeluznante tiempo de espera, los Zambrano lograron mantener la calma, pero a eso de las 4:00 PM María no soportó más. Entró en una crisis nerviosa pensando que la falta de noticias significaba que algo estaba mal.

Carmen, la hija de en medio y Leticia, la mayor que había viajado para acompañar a la madre, se afanaban por tranquilizarla, llegando a un punto en el que prácticamente regañaban a su progenitora por su pesimismo. Adrián, sabiendo que ella contaba con el apoyo de sus hijas, prefirió alejarse, porque las malas vibras, decía él, lo contaminaban de tal forma que se le hacía difícil mantener la calma. "Voy a salir pegando gritos si la sigo escuchando," me dijo en el pasillo adyacente a la sala de padres, cuando llegué a acompañarlos.

A las once de la noche con diecisiete minutos les avisaron que la cirugía había terminado. Que Andrea María sería trasladada en cualquier momento a la sala de cuidados intensivos. Se sentaron en la sala de espera de esa área, a donde los habían movido desde las siete de la noche. Estaban en unos sillones reclinables en los cuales varios padres estaban durmiendo. Por la cantidad de cachivaches que había por todas partes comprendieron que varios de ellos tendrían varios días ahí. De hecho, en medio de la espera hicieron amistad con una pareja italo-quebequense cuyo niño, recién nacido, tenía tres meses en esa sala, después de dos operaciones de corazón abierto.

Mientras conversaban con Carlo y Tina, como se llamaban, escucharon el ascensor abrirse, se incorporaron, como corredores listos para lanzarse en la línea de salida. Entonces oyeron a alguien que gritaba; "Andrea María, Andrea María, me escuchas, me escuchas." Salieron al pasillo y vieron el grupo de médicos y enfermeras que conducían a la niña hacia cuidados intensivos. Una enfermera salió a su paso y les explicó que la niña se había despertado al sólo salir del ascensor, que intentó quitarse los catéteres y que por ello la anestesista, chilena o argentina, ya no se acuerdan, le hablaba enfática, con voz muy alta, ya que le había prometido que la primera persona que escucharía al despertar sería la de ella, al tiempo que le aplicaba un poco más de sedación, porque no era conveniente que se despertara tan pronto.

El doctor salió a los pocos minutos y les dijo a los Zambrano que la operación había salido bien, aunque sólo habían logrado extraer entre el 60% a 70% del tumor. "Siento que pudimos haber quitado más, pero decidimos detener la intervención porque ella estaba sangrando mucho y yo, francamente, estaba cansado, y justo estaban empezando a entrar en la zona más delicada, cercana a los nervios ópticos," les dijo Tremblant.

"¿Esperamos alguna secuela negativa?," preguntó apresurada María. "Yo pienso que no, todavía tenemos que esperar, pero los nervios ni siquiera los alcanzamos a ver, así que no creo que tengamos ningún tipo de secuelas," respondió el doctor.

Los Zambrano se besaron, se abrazaron, y presurosos esperaron el momento en el que les permitieran ver a Andrea María. Se imaginaron los cuidados intensivos como los de las películas, con paredes de vidrio y ambientes totalmente esterilizados. Con sorpresa se encontraron con una sala, dotada de cualquier cantidad de sofisticados equipos, pero abierta, sin fronteras entre las 12 a 15 camas y cunas con cada una con una enfermera dedicada en exclusivo al paciente, sin separarse de él ni un momento. Había ahí demasiado ruido para el gusto de Adrián, pero lo más impresionante era ver la fortaleza de su hija entubada, pero ya consciente, respondiendo con los ojos y las manos a las solicitudes de los doctores y enfermeras que la examinaban.

Al día siguiente en la mañana, tras una noche en la que el padre y la madre estuvieron en vela haciendo turnos sentados en una silla sosteniendo la mano de la chiquita, los doctores intensivistas anunciaron que desentubarían a la pequeña, porque la máquina indicaba que ya podía respirar por sí misma.

Sacaron a los padres de la sala, porque la escena era desagradable, y luego les permitieron entrar para ver a la beba, quien todavía tosiendo y escupiendo, con la voz ronca y baja, por efecto del tubo, dijo: "quiero tortillas con frijoles, quiero tortillas con frijoles y queso parmesano," recordándoles a los padres que la pobre no comía desde la mañana anterior. Los doctores y enfermeras, cuando María les explicó lo que la niña quería, quedaron atónitos ante la fortaleza de la criatura, pidiendo tortillas después de una operación de 15 horas.

Y esa fortaleza continuó, porque, aunque Andrea María se inflamó hasta no poder ver, a los cinco días se había desinflamado lo suficiente y estaba lista para regresar a casa. Los médicos por precaución la mantuvieron hasta el sexto día en el hospital, ya que nunca ningún niño había recibido el alta tan pronto después de semejante operación.

El padre estaba maravillado que no habían rapado a su niña, ya que nada más le cortaron el pelo en una franja de más o menos tres centímetros de ancho, que iba de oreja a oreja y que luego la niña, cuando la herida estuvo sana, tapaba con una vincha, hasta que el pelo la cubrió por completo.

"Estos canadienses son lo máximo" decía, admirando la cabeza de su hija, lo que, de nuevo, conmovía a su esposa que le maravillaba ver como su marido se impresionaba más por el corte de pelo de su hija que por una operación de 15 horas que muchos otros hospitales dijeron era imposible de hacer, sin dejar secuelas.

La niña no recuperó las líneas de visión que había perdido antes de la intervención, eso de antemano se conocía que no era posible (aunque María siempre esperaba ese milagro), pero se alejaba por varios años la amenaza de que continuara perdiendo vista. Con el 20/160 que tenía, gracias a la ayuda de una fundación que le proveía cualquier cantidad de lupas, anteojos y otros artilugios especiales para continuar con su proceso de aprendizaje, ella tenía aún una vista funcional.

Antes de darle el alta el doctor Tremblant se reunió con los Zambrano para hacerles una propuesta. "Vimos el tumor de la niña en el *Tumor Board* y ellos me preguntaron si yo podía sacarle más de la lesión, y yo les dije que sí, por lo que ellos recomiendan hacer en una o dos semanas una segunda operación, ahorita que es más fácil, porque el hueso no ha cicatrizado bien."

Los padres de Andrea pidieron tiempo para pensarlo y después de unos días de reflexión contestaron que no someterían a la niña a una segunda cirugía, porque sentían que los riesgos (y los sufrimientos) eran demasiado grandes y lo que podían ganar no era considerable. Lo que quedaba de tumor ahora, si un dado caso crecía, podía ser tratado con quimioterapia, y nadie podía asegurar que la lesión volvería a incrementar su tamaño, ya que eso era impredecible.

Mientras tanto, tras una semana de reposo en casa, Andrea María regresó a la escuela, lugar que ella amaba, porque le encanta aprender y socializar. Para ella era castigo quedarse en casa, cosa que siempre hacía sonreír a Adrián, quien en su niñez fingió cualquier cantidad de enfermedades con las más variadas tretas —lámparas calientes en la cabeza para simular fiebre, tiza en la nariz para provocar estornudadera, pequeñas dosis de laxante para simular una diarrea, entre muchas otras— con tal de no ir a la escuela.

En cambio, para su hija, la maestra era la figura de respeto más importante en su vida, después de sus padres, y a veces, dependiendo de la profesora de turno, la de mayor importancia, ya que con tantos años de mimos y consentimientos la posición de mando de los progenitores se había debilitado.

En el paraíso

Los Zambrano pasaron a vivir otra vez un nuevo período de calma. Sobrevivieron el invierno montrealense, hicieron gran cantidad de amigos, gracias a la inteligencia emocional de María, todos inmigrantes como ellos y la mayoría de Latinoamérica. Disfrutaron los tulipanes en primavera en Ottawa, gozaron a lo grande en verano, paseando por la hermosa Quebec City, con su sorprendente arquitectura colonial, se tomaron delirantes fotos en las cataratas de Montmorency, aprovecharon al extremo el Mont Royal, el Biodome, el Parque Olímpico, el festival de jazz, el de la moda, los museos y el repertorio amplio de conciertos y presentaciones que una ciudad como Montreal puede tener. También estudiaron francés y María empezó a trabajar, lo cual equilibró las difíciles cuentas familiares, en una ciudad bastante cara, con un sueldo a todas luces insuficiente.

Con su particular y pragmática filosofía de vida, cuando a veces la familia entraba en periodos de añoranza de la patria, Andrea María decía que "la verdad es que si no nos hubiésemos venido a Canadá yo estaría ciega, porque allá no tienen todos esos equipos con los que me operaron," y luego agregaba, "yo prefiero estar acá, aunque aquí seamos pobres, porque no tenemos muchacha, casi nunca salimos a comer a restaurantes, casi no vamos al cine, sólo tenemos un carro y siempre oigo a mi papi quejándose de la bendita cuestión financiera."

Sus padres, como primera reacción, abrían la boca sorprendidos por el nivel de comprensión tan elevado de su hija, aunque en un segundo pensamiento no les asombraba en demasía que su beba, siempre con un *nivel linguae* por demás elevado, hiciese ese tipo de afirmaciones, con las cuales ya los había pasmado, casi desde el momento que empezó a hablar.

Pero tras un año de ensueño, llegó una nueva resonancia en la que el tumor mostraba otra vez crecimiento y aunque ahora su tamaño no ameritaba una operación, los doctores recomendaron otra quimioterapia, para mantener bajo control al glioma. Los exámenes visuales estaban estables, pero los padres no querían que volviese a ocurrir lo sucedido el 2009, cuando la niña perdió varias líneas de visión, después que ellos dudaron si aplicar o no la quimio.

Otra vez los Zambrano de regreso a aquel viacrucis, aunque ahora en un país desarrollado en donde la salubridad y las condiciones generales para el tratamiento eran mucho mejores. El EMCH 45 por el que en un inicio habían viajado a Canadá, no era una opción, ya que en recientes estudios este químico había mostrado mucha inestabilidad, y menores porcentajes de respuesta. Un protocolo con Vincristin intravenoso, otra vez, a la par de un repertorio amplio de pastillas, cuyos nombres les fue imposible recordar, fue la receta del doctor Flanders para esta ocasión.

El primer día de quimio descubrieron algo que les arrancó una sonrisa. Resulta que aquella brillante idea que María tuvo junto con su amiga de Universidad Julissa Aceituno, de programar una serie de entretenimientos para los niños mientras estaban en la quimioterapia, en Canadá, se les había ocurrido unos veinte años atrás, de tal forma que las actividades de manualidades, pintura, payasos, lectura de cuentos, zoo-terapia, películas, entre otras cosas, estaba ya institucionalizada en la sala de Oncología de aquel hospital montrealense.

No tenía aquella sala un tamaño muy grande, pero nunca había aglomeración, organizado todo por un eficiente sistema de citas. Había cuartos separados para las quimios, una recepción, cuartos de auscultación, las oficinas de los doctores, una sala de reuniones y una sala de espera que era también donde se realizaban las actividades de entretenimiento, con mesas especiales para los niños, acondicionadas para tal fin.

A Andrea María entonces, le encantaba ir al hospital, y por lo general permanecía en él de nueve de la mañana a una de la tarde. A veces se marchaba protestando un poco, muy distinto a las diez a catorce horas que le tocaba estar en el Hospital Escuela de su añorada patria.

Ahora, en esta ocasión, la parte más complicada de la quimioterapia no era el hospital, sino en la casa. Después de que la examinaban y le aplicaban el medicamento intravenoso, si era el ciclo que le correspondía, le entregaban a María y Adrián una bolsa de medicamentos que debían administrar a la niña durante el fin de semana.

Entonces al llegar a la casa a las 5:30 PM del jueves, había que darle la primera pastilla para prevenir el vómito, a las 6:00 PM, la pastillita verde, a las 11:30 PM otra vez la del vómito, a las 12:00 AM la pastillita verde, y así continuaba hasta el sábado. A la vez, el sábado en la mañana, a las 6:00 AM, coincidiendo con la última pastillita verde, se iniciaba la pastillita anaranjada, que se administraba hasta el domingo a media noche, hora en la cual se le daba a la niña también la pastillita roja, que era la peor, la cual sólo eran dos dosis, suficientes para provocarle a la pequeña una desagradable vasca que le duraba todo el lunes, pero que nunca le hizo vomitar, algo que, de nuevo, sorprendió a las enfermeras, ya que la mayoría de los niños reportaban vómitos, al menos los primeros tres ciclos. La beba, que ya no era beba sino una niña de 8 años, mostraba otra vez su fortaleza. Pero vendrían nuevas pruebas.

Tras seis meses de quimioterapia, la segunda resonancia que se le practicó mostró que a la par del tumor había crecido un quiste de líquido. El quiste creció bastante rápido y prácticamente junto con el trozo de tumor que a Andrea María le quedaba, ya ocupaban el mismo espacio que tenía la lesión cuando llegaron a Montreal. Era algo que ocurría en algunos casos con estos tumores, explicaron los médicos. Era como si el maldito, herido por la cirugía, comenzaba a segregar líquido en venganza, o bien, el cerebro apreciaba un espacio libre que antes estaba ocupado y sentía que lo tenía que llenar con algo.

Los Zambrano, otra vez frente a una encrucijada, porque ahora los doctores les decían que había que volver a abrir la cabecita de la niña para drenar el quiste, ya que podía causar los mismos estragos que el tumor mismo. Y a la par, les hicieron una propuesta que en ese momento les pareció razonable.

"En vista que tenemos que abrir a la niña, hemos visto en las últimas placas que el tumor se ha movido bastante hacia el centro, separándose de las paredes del cerebro, por lo que extraer un buen porcentaje del glioma es ahora bastante accesible," les dijo Tremblant, quien había mostrado desde la anterior operación su deseo de extirpar más de aquel tumor. La operación fue presentada como una oportunidad, para darle a la niña muchos años más de tranquilidad sin amenazas ni quimioterapia.

"¿Cuándo habría que operar?," preguntó la madre. "Pues la cuestión es que yo prefiero hacerlo lo más rápido posible, porque el quiste se mueve mucho más rápido y si dejamos pasar mucho tiempo podríamos perder la posición ventajosa que ahora tenemos, así que yo quisiera operarla en una semana, porque además tengo un viaje y cuando regrese la situación pudiese haber cambiado," les dijo el médico. Ambos, sentados en la silla de la oficina del doctor, que ya habían conocido en la anterior operación, pegaron un brinco del susto, pero al final accedieron.

En la primera operación todas las decisiones con referencia a Andrea parecían haber sido tomadas por lo que ellos llamaban el *Tumor Board*, integrado por doctores de la sala de oncología, neurólogos y neurocirujanos. En esta ocasión a los Zambrano les dio la impresión de que Tremblant estaba decidiendo sólo, pero después de la primera mágica operación tenían en él mucha confianza.

Sin embargo, para estar seguros, le escribieron al doctor Flanders preguntando si él consideraba que podría ser una opción sólo drenar el líquido del tumor y continuar con la quimioterapia. "No puedo asegurarles que la quimio va a funcionar con Andrea María. No tengo evidencias que me permitan decirles eso, por lo que creo que no extraer lo más posible del astrositoma a la niña sería perder una gran oportunidad," escribió el médico.

María se levantó una noche a las dos de la mañana, despertó a Adrián y le dijo "¿Y si sólo drenamos a la niña Adrián… y si solo la drenamos?, qué me importa lo que diga Flanders o Tremblant, los que decidimos somos nosotros, ¿Y si sólo la drenamos?," preguntaba la madre en un quejido lastimero. El padre alcanzó a decir "María, a mi igual que a vos me da terror operarla otra vez, pero no quiero que por nuestra cobardía perdamos esta oportunidad. Mañana podemos lamentarlo. Si el doctor dice que puede operarla sin secuelas yo creo que él puede."

Aun así el mismo Adrián se sentía más nervioso en esta segunda operación que en la primera, a pesar de que, en teoría, podía ser un poco más corta y era, según les habían dicho, un poco más sencilla. Luego, durante todo el proceso de preparación, los Zambrano hablan de una serie de inconsistencias en lo que los médicos decían, que no les dio tiempo de procesar en forma adecuada. De hecho, decidirse sobre una segunda operación en tan solo días fue apresurado y no les otorgó a los padres tiempo para reflexionar con calma.

El caso es que uno de los cirujanos que acompañaban a Tremblant en la intervención, en el preoperatorio, un día antes, le dijo a María que la cirugía se haría levantando el hueso ocular y no por arriba de la cabeza como la primera vez, aunque al final Tremblant, al día siguiente, corrigió diciendo que sería por la misma ruta anterior. La duración de la cirugía cambió de unas ocho horas que habían dicho al inicio a un período similar al de la primera vez y para aumentar la incomodidad, la anestesista, que en esta ocasión era una oriental, llegó tarde.

Después todo sucedió tan rápido que de repente ya estaban otra vez en el salón de padres, luego en la sala de espera de cuidados intensivos y a eso de las diez de la noche salió Andrea por el mismo elevador con la grulla de enfermeras y médicos alrededor. Pocos minutos después Tremblant hablaba con los padres y les decía; "sentimos que todo salió bien. Le quedó como el 10% del tumor original, vemos que está un poco lenta de su lado derecho, pero creemos que es porque hubo opresión sobre esa zona al momento de operarla. En el último MRI que le hicimos antes de traerla todo estaba bien."

Sin embargo, cuando a los padres se les permitió ver a la niña, Andrea María no reaccionaba, no se despertaba, lo que empezó a desesperar a los Zambrano. Primero los doctores dijeron que la reacción a la anestesia es distinta cada ocasión y luego que la zona en la que habían trabajado era mucho más sensible y por lo tanto la recuperación sería más lenta. "Pero si la vez pasada se levantó en el ascensor y después estaba pidiendo tortilla con frijoles," decía afligida María.

Ella, que desde la primera operación había tomado la costumbre de actualizar vía e-mail a toda la familia, amigos y cadenas de oración, del estatus de Andrea María, escribió aquella noche: "Hola, estoy desde la sala de espera en cuidados intensivos. Nos habíamos hecho muchas ilusiones con Andrea de que íbamos a pasar la semana viendo películas y jugando naipes. Pero no. Acaba de venir el neurocirujano y nos ha explicado que ellos invadieron el alma del cerebro, el maltrato fue grande, y que su recuperación será muy lenta: una semana en despertarse, otra para hablar, otra para caminar... ¡Se imaginan! Es bastante duro, pero la recompensa será grande. Es duro ver a Andrea así, queriendo hablar sin poder, queriéndose mover sin poder, pero, ya conocen a mi guerrera, ella dará el ancho en esta batalla. La parte buena es que sus signos vitales son excelentes, y la resonancia de cerebro nítida, no se observa ningún infarto cerebral, ni nada que signifique una secuela permanente."

Así transcurrió el primer día y en la mañana del segundo día, el equipo de neurocirujanos llegó a examinarla otra vez y no lograron que la beba reaccionara en forma convincente. Le golpeaban con el dedo con fuerza su pecho, le hablaban, casi a gritos, pidiendo que apretara la mano y era visible que tenía menos movimientos en su lado derecho. Entonces decidieron hacer otra resonancia.

Luego que la niña regresó del examen los padres esperaron en el pasillo al doctor, pero en lugar de acercarse a ellos él solo, como por lo general lo hacía, lo vieron venir por aquel pasillo blanco, junto con otros tres médicos que le acompañaron en la operación. Sus rostros estaban compungidos. Adrián dice ahora que los recuerda venir hacia ellos como los cuatro jinetes del apocalipsis.

"Miren..." empezó diciendo el doctor y luego se interrumpió buscando abrir una puerta que conducía a una sala de reuniones, la que finalmente abrió otra persona que tenía las llaves. Ahí entraron y se sentaron los cuatro doctores frente a Adrián que se situó al otro lado de la mesa, mientras María se mantuvo de pie con las dos manos sobre la boca.

El doctor disparó su bisturí sin anestesia: "la niña sufrió un ACV, es decir, un infarto... un Accidente Cardiovascular isquémico, que significa que la arteria colapsó hacia adentro impidiendo el paso de la sangre y del oxígeno a una parte del cerebro y por tanto provocando la muerte del tejido. Esto ha sido visible hasta en esta segunda resonancia." Los padres, confundidos todavía, no entendieron muy bien e hicieron la pregunta más importante: "¿habrá secuelas?" Y el médico, al tiempo que movía la cabeza en afirmación, con el rostro descompuesto, decía: "Andrea tendrá problemas de habla y de movilidad en todo su lado derecho, no podrá caminar ni mover el brazo."

María se tiró al piso, empezó a gritar, "doctor no me diga eso, doctor no me diga más, no puedo escuchar más, no puedo..." Y luego salió de la sala llorando a mares, se encontró con sus otras hijas en el pasillo a quienes les contó entre llanto lo exclamado por el médico y desde la sala, Adrián, todavía atónito, con las manos tomándose los cabellos, casi arrancándoselos, escuchó a sus hijas gritando como locas.

Casi de inmediato María acudió al ordenador en el cual escribió a todas sus listas: "Sólo un milagro. Andrea tuvo un infarto cerebral. No se va a despertar, ni caminar ni hablar, al menos no como lo hacía antes. El miércoles que fuimos a ballet me dijo que, por qué insistíamos en cirugías, si ella estaba sana y feliz. Pero no la escuché. Sólo un milagro puede sacarla. Entró a carcajadas a la cirugía, hablando en su perfecto francés... No tengo palabras. Siento que me muero. Era mi peor miedo, despedirme de ella con un abrazo y una sonrisa, decirle nos vemos en la noche, y después que pasara lo que pasó. Y ahora estamos destrozados. Dios mío, Andrea te reza todas las noches, apiádate de tu hija. Apiádate de nosotros."

Mientras tanto adentro de la sala, después de unos minutos de silencio el padre alcanzó a preguntar si el daño era permanente. "No lo podemos saber en este punto, pero por lo general los niños hasta los 12 años de edad recuperan bastante, entre un 70% a un 80%, en un período que puede ser de un año a 18 meses. Como el habla es una función básica del ser humano, aprenden a hablar otra vez, a caminar también vuelven a aprender, a veces quedan con alguna dificultad, pero otras veces no, y lo que sí es más difícil es la mano derecha, porque las terminaciones del motor fino son más complicadas."

"Entonces recuperan entre un 70% a un 80% de lo que han perdido," alcanzó a repetir el padre, esperando mayor explicación. "Si, y el hecho de que ella mueva, aunque sea en forma leve, su lado derecho, nos da esperanza. Yo creo que este accidente en algún momento en su vida le podría haber pasado, y con la cirugía lo aceleramos, porque me parece que ella ya estaba compensando con su otro hemisferio algunas de las funciones que tenía que hacer con el lado izquierdo, porque la arteria ya empezaba a ser afectada. Todo esto sin embargo es preliminar, lo primero ahora es estabilizarla, lograr que sus signos vitales se mantengan estables." "¿Y su inteligencia y su memoria?," Preguntó Adrián, casi con miedo. "No, eso no ha sido afectado. La parte cognitiva está atrás y eso no fue tocado por el ACV," respondió el médico.

Entonces Adrián escuchó más gritos de sus hijas y su esposa. Silvia, una amiga y empleada administrativa del Hospital que su esposa había hecho durante la primera operación, abrió la puerta. "Adrián, no puedo controlar a María y las muchachas, necesito que vengas." El padre primero salió a hablar con sus hijas, que estaban tiradas encima de una inmensa caja de madera colocada contra la ventana, a la par de los ascensores, la cual después descubrió que era un enorme basurero en el que se recolectaban los desechos de todo el piso.

"Andrea María se va a recuperar. Será un proceso largo y difícil, de un año o más, pero ella se va a recuperar. Los doctores me dicen que la mayoría de los niños que sufren lo que ella sufrió se recuperan en un 80%, así que no se preocupen que ella se va a recuperar," les dijo Adrián, enfático. Las niñas de inmediato dejaron de llorar. "Mamá nos dijo que no va a volver a caminar ni a hablar," dijeron entre sollozos. "Si, el primer año así será y será un tiempo difícil, lleno de pruebas, pero la niña se va a recuperar. Lo que pasó es que tu Mamá se salió antes de que el médico terminara de hablar," explicó el padre.

Después buscó a María, que estaba en otra pequeña sala, dejando años y años de existencia en sus sollozos después de escribir aquel desgarrador mensaje. "¿Por qué, por qué, por qué, Dios mío, por qué dejaste que le pasara esto a nuestra chiquita? ¿Si ella es tan noble y tan buena, por qué Dios Santo?" Suplicaba María. Adrián repitió con su esposa el mismo discurso que con sus hijas le había funcionado bastante bien para calmarlas. La madre le respondió con incredulidad, pero digamos que también logró tranquilizarla en forma momentánea.

De ahí en adelante las crisis nerviosas, el llanto, los reclamos a Dios, las lamentaciones prolongadas, se repetirían por meses. "¿Por qué no confié en mi instinto que me decía que no la operáramos? Hubiésemos seguido con la quimio, que ella la estaba tomando tan bien. ¿Por qué la operamos, Dios mío, ¿por qué no dije que sólo la drenáramos?," se repitió infinidad de veces la madre, hasta en una ocasión en que Adrián le dijo, "si queres culpar a alguien, cúlpame a mí, que no te apoyé cuando dijiste que no la operáramos."

Pero esto no consoló a María que le respondió con una verdad lapidaria: "ya sabes que cuando yo presiono un poco siempre se hace lo que yo digo, pero esta vez no sé por qué demonios no presioné más, no seguí mi instinto y no presioné." Y Adrián le respondía, "pero sí yo te hubiese apoyado no la hubiésemos operado, María… eso ya no importa, ya no podemos hacer nada, ahora hay que seguir pa delante y pensar que en un año la beba estará recuperada."

Pasados dos días, Andrea seguía sin despertar realmente, mejoraba a ratos y luego volvía a empeorar. Estaba en una especie de estado de estupor, babeaba sin parar, y sus movimientos eran erráticos. Se movía y abría los ojos, pero era difícil saber si atendía o no órdenes. Su estado oscilaba en forma constante. A veces llegaban unos médicos que decían que las pupilas sí estaban reaccionando, y que sí atendía órdenes, aunque fuese con debilidad, y otras veces llegaban otros doctores que afirmaban que no.

Le colocaron un electro encefalograma permanente, con una cámara para determinar si estaba sufriendo convulsiones, ante la suposición de que estuviese padeciendo pequeñas isquemias que hiciesen que su estado estuviese cambiando en forma constante. Además, decidieron practicarle un nuevo MRI.

Ni en la resonancia, ni en el electro encontraron isquemias, pero si fue visible en el examen que el cerebro de la niña se estaba inflamando y se acercaba en forma peligrosa a la corteza cerebral, lo cual le podía provocar un nuevo ACV, esta vez hemorrágico, lo cual significaba empeorar el pronóstico de recuperación hasta llegar a daños imborrables, o bien, inclusive la muerte.

La opción era practicar una nueva operación para quitarle el hueso frontal, y así permitir que el cerebro se pudiese inflamar a sus anchas sin que ocurriese otro ACV. El doctor se reunió con los Zambrano a discutir esta posibilidad. "Creemos que vamos a esperar otro día para tomar esa decisión, porque no vemos tan inflamado el cerebro. Sí está inflamado, pero todavía tiene un poco de espacio y pudiese ser que empiece a reducirse esa inflamación a partir de hoy," les dijo el médico.

María lo miró a los ojos y le respondió "ya he dejado la rabia contra usted atrás (lo cual no era cierto), pero si usted tiene un poco de fe en mi instinto de madre, que yo debí de haber obedecido antes, opere a Andrea lo más pronto posible, porque eso va a ser lo que la va a salvar."

Tremblant salió de la pequeña sala especial de padres, que el piso de cuidados intensivos tenía a la par de la sala general, a dialogar con los otros doctores. Los destrozados padres se quedaron abrazados en aquel cuarto de tres metros por dos, con un juego de sofás de cuero, un pequeño closet, un televisor y unos pocos libros y revistas, acondicionado para momentos como éste en los que se requería cierta privacidad. Este espacio fue por varios días la casa de los Zambrano. Ahí dormían, las pocas horas que lo hacían, comían y recibían a las visitas.

El médico, con su paso vacilante de señor mayor, volvió a los 20 minutos ya vestido de quirófano con la hoja de autorización para la cirugía. "La vamos a operar para no correr ningún riesgo," dijo el señor y tras la firma de Adrián volvió a salir con dirección a cuidados intensivos para girar instrucciones y bajar después al quirófano.

La beba salió exitosa de esta tercera operación, en la que no ocurrió ningún incidente, y la cual los Zambrano sienten fue importante para la recuperación de la niña. De ahí en adelante Andrea, poquito a poquito, empezó a mejorar, pero aun necesitó casi dos semanas en cuidados intensivos. Cada noche sin incidentes era un éxito, como de nuevo escribía María: "Gracias por sus oraciones, sin ellas y sin el apoyo presencial de nuestra nueva familia en Montreal estaríamos aun peor. La sala de espera pasa llena, con un ambiente muy latino, nos traen comida, nos dan aliento, gracias. Andrea pasó la noche estable y en un estado tan delicado como en el que ella se encuentra esas son excelentes noticias. Nosotros estamos por momentos muy fuertes, como ella se merece y en otros caemos en pedazos, gritamos de rabia y de dolor. El héroe del año pasado se convirtió en villano. Antes de la operación le pregunté los riesgos de esta segunda cirugía y me dijo que el mayor era dejarla ciega. Nunca me habló de un ACV. Nunca. Después le pregunté si había algún riesgo en su inteligencia, su lenguaje, sus facultades y dijo: No. Entonces aceptamos. Y qué pesadilla..."

Y la pesadilla, en su nivel más asfixiante, continuó durante las dos semanas que la niña permaneció en cuidados intensivos. La amenaza de un segundo ACV siempre estaba latente, aún con el hueso frontal extraído. Esa operación sólo reducía las posibilidades. El desespero era plausible en cada palabra que María escribía: "Andrea entró completa, la más feliz, la más linda, llena de sueños y salió, sin lenguaje, lado derecho paralizado, con un cerebro dañado, aun sin despertarse y aunque no queramos nos mata la rabia, el dolor y la culpa. Que nadie me conteste diciendo que este era el plan de Dios, porque no estamos preparados para verlo de este modo. Sigan orando para que si nuestra fe flaquea, la de ustedes le ayude a Andrea. Desde ya es un vacío vivir sin ella, pero ya se la entregué a Dios, porque yo como madre me siento incapaz."

María se volvió obsesiva con diversas manías, que a la postre fueron positivas para la niña, pero que en el ínterin provocaron discusiones y amarguras con Adrián y las muchachas. Pidió que en todo momento la niña tuviese música de Mozart, que por email y teléfono desde la patria, diversas amigas le señalaban que era lo mejor para la plasticidad cerebral.

Procuró además que en ningún momento la pequeña estuviese sola. Ella permaneció a su lado la mayor parte del tiempo, siempre sosteniendo su mano, varios días sin comer y sin bañarse. Pero en los momentos en los que debía dejar a la niña para dormir un poco, a la hora que fuese, alguien de la familia debía estar a su lado, también sosteniendo su mano. Y si ella dejaba a Andrea y a su regreso encontraba que su esposo o cualquiera de las muchachas no estaban tomando la mano de la beba, reprendía con fuerza al infortunado.

Entre tanto Andrea no se terminaba de despertar totalmente. Así lo describe María a sus listas de correo electrónico. "Hola, Andrea sigue estable, pero saben... No se quiere despertar... Adrián está muy agobiado, pese a que el doctor explicó que lleva su tiempo, ya que ella ha estado desde el jueves sedada y la recuperación de dos cirugías y un infarto cerebral no es fácil. Yo cuando la veo dormidita siento que toda su energía la está usando para sanarse. Por un ratito estuvo muy alerta y esto es muy triste porque le vimos lágrimas en sus ojos. Pero no podemos permitir que el dolor nos tomé de nuevo, hay que sacudirlo y echar la batalla con fe y optimismo. Andrea sigue en manos de Dios y Él decidirá cuando ella se despierte, porque cuando lo haga nos dará muchas sorpresas."

Adrián, goloso durante toda su existencia, descubrió de repente que por primera vez en su vida no tenía hambre. Y tampoco comió por varios días, y cuando entró en cuenta lo dañino que eso podía ser, empezó a comer a la fuerza y a tratar de que su esposa comiera también. "La niña nos necesita fuertes María, comé por favor", le decía al tiempo que casi le daba los bocados como a una bebita.

Así transcurrieron esas dos semanas, y luego con los signos vitales estables, bajaron a la beba al piso de hospitalización general, en el que permanecieron dos semanas más. Ahí lo más duro fue ver cómo su hija entraba completamente en conciencia de lo que le había pasado y no, sólo en momentáneos lapsus de dolor. De que no podía hablar, por más que lo intentara, que no podía mover su brazo y su pierna y que, además, continuaba babeando sin cesar y no tenía control de esfínteres, lo cual la ponía en extremo incómoda, porque detestaba la suciedad. A la vez, esto significaba que por pedacitos la niña estaba volviendo.

Desde el séptimo piso de hospitalización general, María escribió: "Andrea es una campeona y no me cabe la menor duda de cómo Dios la ama. Estos últimos dos días, ha avanzado mucho en su proceso de conectarse con el mundo. Ya teníamos ideado un código de comunicación previo a la cirugía, para las dos horas que estaría entubada: un apretón de mano era si y dos apretones era no. Con este método, ya Andrea nos dijo que está furiosa por lo que le está pasando. Nosotros le dijimos que también estábamos muy molestos, porque las cosas no salieron como las esperábamos, pero que íbamos a estar siempre juntos para salir adelante. Ver que sigue todas las órdenes que le damos en español y a las enfermeras en francés es muy prometedor. Ella ha sido una niña consentida, y en consecuencia es caprichosa, pero su nobleza y su espíritu positivo también la distinguen. Colabora con los médicos cuando le llegan a hacer preguntas, y a todos les regala media sonrisa (literalmente media, porque tiene paralizado el lado derecho de su rostro) y un adiós con su manita izquierda cuando se van."

Adrián no olvida cuando le pidió a la peque decir su nombre, y ella movió la lengua sin control, esforzándose, pero sin lograr provocar un sólo sonido. "No se preocupe mi niña, ya verá que pronto lo va a lograr, pasito a pasito, no se preocupe," y luego salió del cuarto directo al baño a lanzar varios quejidos de desesperación y golpear las paredes en una mezcla de impotencia y cólera.

Con el ACV, el *bullpen* de especialistas de la salud que atendían a la niña se incrementó. Mientras estuvo en el St. Jude, además de neurocirujanos, neurólogos, endocrinólogos, oftalmólogos y oncólogos, la empezaron a visitar la terapista ocupacional, la fisioterapista, la ortofonista, la nutricionista la especialista en musicoterapia, los trabajadores sociales y los sicólogos.

Con la sicóloga infantil, por cierto, discutieron cómo era la mejor forma de explicarle a la niña lo que había ocurrido, con lo cual chocaron Adrián y María con dos posiciones distintas, una de "total transparencia" del marido y la otra de que "entre menos información, mejor" de María.

Vinieron varias agrias discusiones al respecto y al final quedaron en una versión intermedia: "Mi niña, sucedió un accidente en la cirugía y unos cablecitos en su cerebro se desconectaron. Por eso no puede hablar ni mover su lado derecho. Pero no se preocupe que esos cablecitos se van a volver a conectar, sólo hay que hacer unos ejercicios para que eso ocurra y poquito a poquito, usted va a volver a hablar, a caminar, a mover su bracito y todo lo demás, mi niña, no se preocupe", le dijo María y le repitió también el padre.

Con cada ejercicio, con cada terapia, los Zambrano le repetían a Andrea María que aquello era para la reconexión de su cableado interno, e igual, le prometieron un viaje a Disneyland y también otro viaje a la patria a ver a la familia como incentivos. "Trabajemos duro mi niña, para que en agosto vayamos a Disney y en diciembre a casa," le decían, moviendo sus piernas en forma alterna.

A los días, la niña dijo su primera palabra. Dejó salir su nombre como en un susurro, y también empezó a recuperar sensibilidad y movimiento en su pierna. El brazo lo movía más como un reflejo y la sensibilidad todavía era muy limitada. Pero lo mejor de todo, para ella, es que dejó de babear y empezó a controlar sus esfínteres. Madre e hija tenían su código particular y cuando la niña quería hacer pipí o popo, movía su dedo gordo hacia arriba y hacia abajo, lo que provocaba la carrera descontrolada de María por todo el cuarto en busca del pato y del papel higiénico que siempre los dejaba en un lugar diferente, desorganizada en la casa, como siempre fue.

En este mes en el séptimo piso, fue fundamental el padrino de la niña, que dejó sus negocios y obligaciones para acompañar a su compadre y a su ahijada. Adrián dice que en esas dos semanas entendió mejor cómo es que su mejor amigo,

Tulio Cisneros, había hecho tanta plata en tan poco tiempo. Él tenía una generosidad inmensa y una intuición extraordinaria sobre lo que era necesario en el momento preciso.

Al mismo tiempo, de repente, Montreal dejó de ser para Adrián una ciudad tan hermosa como antes. Empezó a notar la mala calidad de la infraestructura vial, que asociaba con la mafia italiana, infiltrada en el negocio de la construcción. Siempre leía de jugosos contratos que estaban sobre valuados y que además siempre dejaban trabajos que había que reparar cuando la nieve se disipase. Tenía un amigo que decía que en esta ciudad nada más había en realidad dos estaciones: Invierno y Construcción. Cuando no había nieve había siempre algo construyéndose o reparándose en las calles y autopistas, lo que traía un congestionamiento atroz. El frío le parecía más intenso, aunque el invierno estaba empezando a menguar, a los quebequenses los sentía ahora en especial groseros en los restaurantes de comida rápida que frecuentaba, el francés se le volvía cada vez más difícil, y las mujeres, siempre guapísimas, las sentía más retraídas y antipáticas.

No sólo tenía rencor contra el médico que les había convencido de operar a la pequeña, sino además contra el sistema que le permitió a este extraordinario cirujano, tener un exceso de confianza, y tomar esta decisión apresurada. "Vimos que la arteria del lado izquierdo estaba un poco más delgada que la del derecho, pero eso no es algo que nos detenga de seguir este procedimiento," le dijo en algún momento Tremblant.

"¿Por qué no hubo otro médico que opinará diferente?, ¿por qué no le hicieron un angiograma, nada más para estar seguros?, ¿por qué no les dieron más tiempo para reflexionar?," se preguntaba con furia Adrián, mientras manejaba hacia el hospital, ahora que la niña estaba más estable y era posible que él y Carmen fuesen a dormir a casa. A María no había forma de separarla de la niña.

Y estas suspicacias sobre el St. Jude, que antes amaba, crecieron cuando en la intervención para volverle a poner el hueso frontal que le hicieron dos meses después de habérselo retirado, los doctores no le suspendieron la aspirina, químico que el médico más pinche de su pueblo sabe que produce abundante sangrado. Entonces Andrea María mostró al salir de la operación síntomas parecidos a los que tuvo con el ACV, pero en esta ocasión era por el descenso en la hemoglobina. Al principio los padres, y los médicos también, se asustaron de muerte hasta que los exámenes mostraron lo que estaba pasando. Entonces la niña se inflamó en exceso y fue necesario transfundirla dos veces para que lograra recuperarse. El incidente no pasó a mayores, solamente le costó a Andrea María un día más de hospitalización y múltiples angustias, que hicieron que Montreal no luciese tan hermosa, otra vez.

*

Carmen recuerda a su hermana con aquel hueco en la frente antes que el cirujano le pusiera el hueso de regreso. Le costaba hablar con ella mirándola a la cara. Pero hacía su máximo esfuerzo por jugar con ella, sonreírle, continuar como si todo fuese transitorio, como una quebradura de brazo, aunque la niña no podía hablar, ni caminar y solo movía una mano. Jugaban UNO y miraban películas, o bien, Carmen le leía cuentos o le cantaba para hacerla enojar.

Cada vez que podía se repetía a sí misma aquella frase que su padre les había dicho, a ella y Leticia, con una furiosa seguridad, horas después de la operación: "Su hermana se va a recuperar."

Aquellos días fueron quizás en los que Carmen estuvo más cerca de su padre. Con la madre y la hermana menor viviendo primero en el hospital y luego en el centro de rehabilitación, Carmen y don Adrián, iban casi todos los días a visitar a la niña y a la madre, para luego partir a casa a una hora de distancia. Leticia había regresado a Honduras por sus estudios, así que eran solo ellos dos.

Al llegar, agotados por el trayecto y el esfuerzo emocional, cada uno se sumergía en su particular universo cibernético. Ella en su música y vídeos de Youtube y él en *Walking Dead*, porque aquella serie de zombis se había convertido en su principal afición, y miraba todas las temporadas anteriores en una página pirata que un primo le había compartido.

Pero luego tenían sus momentos, sobre todo cuando comían aquellas comidas congeladas que el padre había comprado a granel para cocinar lo menos posible. No tuvieron ninguna conversación trascendental o algo por el estilo. Carmen, simplemente recuerda estar ahí, en el comedor del apartamento, solos los dos. A veces en silencio, a veces conversando algo intrascendente. No importaba. Estaban el uno para el otro. Ahora comprende que ambos estaban introvertidos en sus pensamientos deseando, con toda la fuerza de sus corazones, que Andrea y María pasaran buena noche.

La academia de princesas

Llegó el tiempo de pasar al Centro de Rehabilitación Marguerite Bourgeoys, una institución de mucho prestigio a la cual María tenía una urgencia inaguantable de asistir, para empezar lo más rápido posible con las terapias de la niña, conocedora que entre más rápido se inicie el proceso de recuperación, mejor. No se imaginaba la madre, que después estaría desesperada por salir de aquel lugar.

Las instalaciones del Centro eran inmejorables. Tenía un pabellón que era igual que un hospital, con cuartos de mejor tamaño que los estrechos espacios del St. Jude, un segundo edificio con amplias salas de terapia, la piscina climatizada y un ala más de oficinas administrativas. Era difícil no llamarle Hospital al Centro de Rehabilitación, ya que así lo parecía, por lo menos en la zona en la que la beba dormía.

Sin embargo, esa era una de las manías de María y cada vez que Adrián le decía Hospital al Marguerite Bourgeoys, enfrente de Andrea, ella le corregía "no Adrián, no es Hospital es una academia de príncipes y princesas." Porque eso fue lo que le dijo la madre a la niña cuando los mudaron: "Hija, vamos a una academia de príncipes y princesas, como la de las barbies, en donde recibiremos clases con horarios bien marcados y diferentes actividades, como a vos te gusta."

Y ciertamente, mientras en el St. Jude las terapistas llegaban al cuarto de Andrea, con un poco de desorden, en cualquier momento del día, en el MB, había un horario estricto. A las 9 AM iniciaba con ergoterapia, a las 10AM tenía fisio, a las 11AM piscina, a la 1PM escuela, a las 3PM la neuro-psicóloga, a las 4PM, martes y jueves, tenía zoo-terapia, lunes y miércoles, educación especial, y el viernes psicóloga infantil. Entre 5PM a 5:30 PM le llevaban la cena, después miraban alguna película o le leían un cuento y entre 8PM y 9PM Andrea María estaba acostada lista para dormir.

Cosa que siempre lograba en el primer ciclo de sueño de cuatro horas, pero para el segundo muchas veces se despertaba, y como sucedía con la mayoría de los niños internos en el Centro, debía tomar Melatonina para lograr conciliar el segundo ciclo de sueño y dormir hasta las 6 o 7AM.

A veces la Melatonina no funcionaba y la niña no lograba dormir, lo cual María aludía a la diferente calidad de las distintas marcas que les proporcionaban. Cuando el líquido era más claro la niña no dormía, cuando era un poco más oscuro, funcionaba a la perfección.

María tuvo su primera batalla en el Marguerite Bourgeoys por procurar que le quitaran las pastillas anticonvulsivos, ya que tenía la certidumbre que no las necesitaba y que además provocaban adormecimiento en la pequeña, rezagando su recuperación. Al final, lo logró, pero fue toda una batalla porque el Centro, así como era de estricto con sus horarios era en exceso rígido en sus políticas. Mientras tanto, Andrea, semana a semana mostró estupendos avances.

Después de un mes de terapias la niña ya estructuraba frases simples y había recuperado bastante fuerza en su voz. También movía su pierna con mayor precisión, lograba incorporarse en la cama por sí misma y empezaba a mover en forma voluntaria la parte superior de su brazo.

Para la fisioterapia por lo general Andrea solicitaba que fuese acompañada con potente música Rock, que le daba fuerza para continuar. Sus preferidos eran Rush e Iron Maiden, por lo que era famosa en la sala por sus gustos musicales, ya que maravillaba ver a una niña de apariencia tan delicada con una afición por música tan estridente. Por esto mismo, ya en algún momento de su vida, cuando vivía en su patria, un adolescente rockero que viajaba en su mismo bus escolar la había llamado "la elegida", en alusión al disco de Iron Maiden *Seventh Son of a Seventh Son*.

Estimulada por el Rock y su madre, seis semanas después de iniciadas las terapias, la niña se trasladaba a placer por sí misma en su silla de ruedas por todo el Centro, impulsándose con sus pies como los Picapiedra, dirigiéndose con su mano izquierda en la rueda y sacando de costado la lengua, igual como lo hacía Michael Jordan cuando se aprestaba a clavar la pelota en la cesta. De hecho, recibió varias amonestaciones porque se movía a excesiva velocidad y temían porque pudiese golpearse o golpear a otro niño.

En este punto le permitieron a la niña ir los fines de semana a su casa. Un lunes por la mañana que regresaban, Adrián le dijo a Andrea mientras la conducía en la silla de ruedas a la salida, "vamos mi niña, que hoy regresamos a la Academia de Princesas." Adrián estaba orgulloso de que por una vez se acordó de llamar al centro de rehabilitación "Academia de Princesas." Pero entonces se quedó perplejo ante la respuesta de su hija: "¡ay por favor, ya basta de ese truquito!," mostrando de nuevo que la niña regresaba tres veces, cuando los padres apenas iban a la mitad del camino de las ideas, en su particular filosofía de vida.

Al tercer mes, Andrea sentada al borde de la cama, con la madre a lado, de repente se puso de pie y se sacó el blúmer, que se había introducido en sus partes íntimas. María pegó un grito de alegría, "viste Andrea que vos podes, viste que te acabas de parar." La niña volteó a ver a la madre sin entender muy bien y de repente cayó en cuenta de lo que había hecho y abrió la boca en admiración.

En realidad, aunque positivo, esta fue una de las señales que el ACV había sido demasiado para el temperamento de Andrea.

Algo se había quebrado en su interior. "Tengo miedo," le dijo por fin a su madre una noche, algo que esta Guerrera de la Luz, como le llamaban, nunca había exclamado en su vida.

"¿De qué tenés miedo, mi niña?," le preguntó María. "Tengo miedo de caerme… de perder mi lado izquierdo… de no poder hablar otra vez como antes," contestó Andrea a trompicones y con varios silencios entre frase y frase. Es un hecho fácil de imaginar, en este punto, que la madre lloró a mares por esta afirmación, una vez que la niña se durmió y cada vez que recuerda ese momento en soledad. Sin embargo, esa noche y en adelante frente a su hija, mantuvo la fuerza necesaria para darle a Andrea la confianza que necesitaba.

También varias de las terapistas, sobre todo la fisioterapeuta, Rebecca, que fue quien comprendió antes esta verdad, se esforzaron por llenar de confianza a Andrea. "Tú eres capaz de mucho más de lo que crees, mi bella niña, tu eres capaz de volver a caminar y de correr," le dijo con lágrimas en los ojos el día que tuvo que ser sustituida porque se marchaba de maternidad.

En este punto, el tercer mes de trabajo en MB, el cuarto mes tras el accidente, la niña ya daba sus primeros pasos ella sola, cojeando y con muchísimo esfuerzo, pero lo lograba. Estructuraba frases mucho más largas y ya había recuperado la fuerza de su dulce voz, inclusive logrando gritar. Sin embargo, tal y como Tremblant lo había predicho, su brazo estaba más atrás en la rehabilitación e inclusive tenía menos sensibilidad que el resto del cuerpo.

Digamos que su brazo era el único pelo en la deliciosa sopa de caracol que significaba esta sorprendente recuperación, que a María le costó sangre, sudor y lágrimas, y perder varios tramos de cordura. La mujer se estaba volviendo loca en aquel lugar y Adrián era incapaz de sustituirla, porque había creado la madre un vínculo tan fuerte con la hija que se necesitaba, una a la otra, en exceso.

Los Zambrano descubrieron que el MB era como una señora muy buena, caritativa, con la capacidad de curar a muchos niños, pero en extremo temática. Había aquí estupendos profesionales que fueron cruciales en la recuperación de Andrea, pero a la vez otras personas que pensaban tener la verdad agarrada del mango y que hicieron sufrir, no a la niña, sino más bien a la madre.

A pesar de que la política general de Canadá, en referencia a las personas con necesidades especiales, es de inclusión, en la escuela, en el trabajo, en fin, en todos los ámbitos, había un pequeño grupo de profesionales que estaban empeñados en enviar a Andrea María, que no tenía daños en su memoria o en su capacidad cognitiva, a una escuela especial, en la que estaban infantes con serios problemas de aprendizaje.

Por eso, cuando María y Andrea dejaron de ser internas en el MB y pasaron a asistir cuatro veces a la semana a las terapias, fue toda una celebración. La madre brindó con dos botellas de vino, que se bebió ella sola, el día que dejó el centro, pidiéndole a Dios una licencia especial de su promesa de no probar alcohol hasta la recuperación total de su hija.

María escribió, antes de tomarse las dos botellas, un efusivo mensaje a sus familiares y amigos, que seguían manteniendo en sus oraciones a la Guerrera de la Luz: "Aquí estoy de regreso, muy feliz de compartir buenas noticias. Es impresionante cómo Dios nos ha ido levantando de un abismo profundo de dolor, de incertidumbre. El jueves nos dieron el alta del MB. Hemos dejado muchos amigos en este lugar, amigos que estoy seguro van a durar para toda la vida. Justo ayer ingresó una niña al Centro. La pasaron de la camilla de la ambulancia a su cama con una malla, como de pescar. No se podía mover, apenas los ojos... rápido llegaron a tomarle las medidas para adaptarle una silla de ruedas. La imagen no me era extraña, aunque ya se me había olvidado, me llevó por segundos a recordar a Andrea en sus primeros días de rehabilitación. En el ascensor me encontré con la terapista que se encarga de adaptar las sillas de ruedas y sólo nos miramos. Como si me leyera la mente me dijo: "¿María, ahora se da cuenta de la transformación que ha tenido Andrea?" Yo le dije, "¡claro! Ha sido un milagro." Si, me dijo ella, tiene razón, un milagro".

El lado oscuro de MB buscó por todos los medios probar que la niña tenía algún tipo de rezago cognitivo, pero fallaron en todos sus esfuerzos, porque Andrea respondía en forma correcta a la gran mayoría de las pruebas especializadas que le aplicaron.

Escribiendo a sus familiares, sin reflejar esta lucha que tuvo que librar porque al final estaba eternamente agradecida con MB, María explica que "Andrea no sólo se vuelve cada día más autónoma. Los resultados de las evaluaciones neurosicológicas son impresionantes. Hay varias de las pruebas que la pequeña contestó que yo misma no pude resolver, mientras la miraba en la sala de evaluación, detrás de un vidrio polarizado como un espejo, igual que en las películas policiales. He visto las caras de los evaluadores que se miran entre ellos asustados y hasta le preguntan a Andrea si ya había hecho antes pruebas de ese tipo. Nunca me cansaré de agradecerles las oraciones, y de pedirles que sigan orando, en estos momentos para que su mano derecha regrese, porque es lo único que aún no despierta. A veces pienso que pido mucho, que ya Dios me ha dado demasiado, pero como toda hija, pido a mi padre el regalo completo. Dios me comprende, estoy segura de que si lo hace. Pronto la vamos a ver otra vez tocando piano y pintando, saltando la cuerda y claro, bailando ballet."

En sus informes, algunas de las terapistas matizaron los logros de Andrea, focalizándose en exceso en lo que la niña no podía hacer, lo cual de alguna forma Adrián justificaba a María diciéndole que MB necesita puntualizar con mayor énfasis en lo que la niña necesitaba ayuda. Sin embargo, la madre miraba mala sangre en esas afirmaciones, ya que sentía que tenían el propósito de evitar que la beba entrara a una escuela regular.

En los nueve meses siguientes, con la fuerza anímica de regresar a casa y el trabajo tesonero de María y Adrián, trabajando también como terapistas a la par de las sesiones en MB, la niña fortaleció mucho más su marcha, continuó estructurando frases cada vez más largas y complejas, hasta que recuperó su habla totalmente en español y francés.

Para recuperar de forma integral su marcha y su brazo asistieron a sesiones de acupuntura de un médico vietnamita que huyó de su país hacia Canadá en plena invasión yanqui en 1969 y de un osteópata colombiano que no aceptó pago alguno por las terapias.

Sin embargo, Andrea no pudo recuperar totalmente el burdo concepto de "normalidad" que tenemos en nuestra sociedad. Cojea al caminar y su mano derecha no logró volver de su batalla. Entró en una escuela para niños con baja visión y la expectativa es que en unos años pueda acudir a la secundaria regular.

Lo cierto es que la lucha de esta familia se ha prolongado por años y años y todavía continua, porque el fragmento de tumor que queda en su cabeza se resiste a morir. Así que debieron regresar a distintos tratamientos para el control de su crecimiento, menos agresivos, pero siempre desagradables.

Ayer me encontré a Adrián en un partido de hockey de los Canadiens. Nos quedamos extrañados que ambos por fin cedimos al embrujo del hielo, aunque la realidad, los dos andábamos de turistas en aquel evento que más parece un espectáculo musical que un deporte.

Me contó que iniciaron un nuevo tratamiento con Andrea, con un medicamento basado en una terapia biológica, totalmente distinto a la tradicional quimioterapia. Es una sola pastilla todos los días por dos años. Sin embargo, la píldora ha provocado a Andrea diarreas tres o cuatro veces a la semana, sobre peso y acné, lo cual es particularmente molesto para la muchacha de 15 años en la que se ha convertido la beba.

"Tenemos la esperanza que este sea el último tratamiento. Nuestra doctora nos dice que estos tumores, cuando se activan en la niñez, en la adolescencia se duermen. Tenemos fe que este es el principio del fin," me dijo resuelto Adrián.

Me enseñó orgulloso fotos de su Guerrera de la Luz, a quien ahora llaman Lúmina. Ella ha resultado herida, en cuerpo y alma, en esta larga guerra de casi catorce años. Sin embargo, ella continúa adelante, empujada por sus padres y hermanas, y su particular filosofía de vida.

*

A Carmen le asaltó otra vez la duda si el autor de la historia de la vida de su hermana había sido ese amigo de su padre, cuyo nombre se pierde entre tantas páginas, o ese amigo lo inventó don Adrián, para contar la historia de su hija desde una perspectiva menos dolorosa.

Esta vez, la segunda conjetura le resultó más plausible en vista que no recordaba que su padre tuviese algún amigo con las características señaladas en el escrito que recién había finalizado. Siempre le quedaba el hueco de saber cuándo diablos don Adrián había estudiado Ciencias de la Comunicación, pero ella introvertida en su familia, se alejó de él por prolongados períodos.

Las similitudes de aquel escrito con la realidad eran tan grandes, que no pudo haber sido escrito por otra persona y tampoco aquello podía considerarse una obra literaria, aunque desde luego hay varias fabulaciones de episodios que ella recuerda en forma diferente.

A su padre le encantaba citar aquella frase de Gabriel García Marquez que decía: "no hay nada más fantástico que la realidad," así que imaginaba que por eso decidió ceñirse a ella lo más posible. En todo caso, aquel escrito podía ser fácilmente considerado una crónica, y el estilo periodístico del mismo, en varias partes, lo reafirma.

Le llamó la atención que terminará el relato a los 15 años de Adriana, lo cual le confirmaba su creencia del valor terapéutico de la escritura en la vida de su progenitor. No encontró muchas referencias a las etapas de estabilidad emocional en la familia.

Por lo general, encontró narraciones referidas a periodos llenos de problemas y tribulaciones, e inclusive tragedias, o bien, a hechos en especial significativos como el nacimiento de sus hijas, que siendo también una alegría, representaban a la vez, para el joven padre, retos que lo más probable le resultaban intimidantes.

Porque por aquel tiempo, donde finaliza la historia de su hermana, después de un tortuoso proceso de solicitud de residencia, finalmente el gobierno canadiense los aceptó. En un inicio, Adriana era considerada muy costosa para el sistema de salud de Canadá, lo cual significaba una indudable discriminación por una condición médica, evidenciada en una carta que recibieron en un correo electrónico, mientras vacacionaban en su tierra natal, en la que se solicitaba probar que la niña no implicaba más de 21,000 dólares al año para el Estado. De lo contrario, toda la familia sufriría una prohibición de ingresar al territorio canadiense.

Sin embargo, después de diversos escritos y amplias explicaciones, despidos de abogados, gritos e interminables discusiones a tres voces (porque ella con 20 años y con un mejor nivel de francés y de inglés, estuvo de lleno implicada en el proceso) lograron enviar los documentos solicitados por Canadá, por sí mismos, sin asesor legal alguno.

Fue en especial valioso el apoyo de la doctora Antar, que redactó una hermosa carta en la que explicaba que los tratamientos de Andrea eran parte de estudios experimentales, que serían de beneficio para todos los canadienses, y los costos del medicamento eran cubiertos por las casas farmacéuticas.

Esa carta fue fundamental, a la par del soporte del abuelo materno, que se comprometió a apoyar a la familia, con recursos que nadie sabía que tenía, en caso de que el gobierno canadiense insistiese que la muchacha continuaba siendo en exceso costosa.

Tres meses después recibieron la aprobación y en unos dos meses más llegaron por correo los anhelados carnés de residencia permanente. Ese mismo año, ella se graduó de licenciatura y su hermana Leticia arribó a Canadá a vivir con ellos, aunque luego solo se quedó por dos años, mientras realizó su maestría.

Es decir, de ese punto en la vida en adelante fue todo positivo. Andrea fue poco a poco ganando independencia. Su tratamiento funcionó al 100% y el tumor nunca más le volvió a molestar. Aun con su vista disminuida y sus dificultades motoras, logró hacer una vida por sí misma, aunque le tomó un poco más de tiempo.

A los 32 años se mudó con Philippe, su novio con quien eventualmente se casó e inclusive adoptaron un niño y claro, con el viejo Dragón, su perro guía, que con 15 años le había acompañado como su más fiel guardián.

Ya han pasado tres perros entrenados más como compañeros de su hermana y cada uno más inteligente que el anterior. En general ha gozado de buena salud y solamente con la muerte de la madre, nueve años atrás, su luminoso espíritu se vio quebrantado.

Ahora con la muerte del padre la ha visto fuerte, equilibrada y en realidad sirviéndole a ella de apoyo, ya que por alguna razón que no comprende, Carmen se ha visto mucho más débil de lo anticipado, llorando a borbotones, varias veces al punto del desmayo.

Tenía varias semanas preparándose, desde que los médicos les anticiparon que don Adrián había llegado al punto de no retorno, pero aun así el golpe fue como si el señor hubiese muerto de un ataque cardíaco o atropellado por un autobús.

Ella, que estuvo toda su vida como soporte de su hermana, a la par de sus padres, se apoyaba en la Guerrera de la Luz en sus momentos más duros. "Esas son las ironías de la vida," pensó, justo cuando la algarabía de los pájaros le anunciaba que la noche se aprestaba a caer estruendosa.

12

Enciendo la radio de mi máquina de movimiento y escucho estridentes noticias de un presuntuoso mitómano cuyo principal argumento ha sido, la denuncia sistemática de la falsedad histórica de los media.

Recuerdo entonces la valiosa lección que me transmitió un viejo poeta del siglo del zorro: "La solución para la tergiversación de un suceso es la invención absoluta de lo acontecido."

Porque si la ciencia ha probado que cada vez que recordamos modificamos levemente el contenido de la evocación, en consecuencia, nuestras lejanas remembranzas terminan siendo una absoluta fantasía.

Por ello, las escuelas de periodismo deben enseñar exclusivamente literatura. Cualquier aproximación a la objetividad es una fútil empresa.

13

Buscando la carretera fantástica, no sé por cuál artilugio decadente o extraña combinación de fenómenos climatológicos me dirigía yo hacia las montañas y tras una larga jornada, me encontré frente al mar.

Es, en teoría, primavera en estas tierras, pero aquí, donde los más terribles enemigos encontraron entendimiento y fundaron un país, en lugar de abejas y el cantar de pajarillos, azota la aguanieve y la lluvia congelada.

Sé que me encuentro ante el mar y no frente a un lago interminable porque vi a una ballena jorobada reírse a carcajadas de mi infortunio. Ante tan espléndido paisaje, un impulso insostenible me ataca.

Desembarco de mi nave sideral y camino por la oscura playa poblada de rocas y empinados riscos. Entonces, el mar interior y exterior se unen hoy en agrios deseos de muerte, cuando el equilibrio innombrable de la naturaleza, el no-equilibrio, vive en mi interior.

De frente a estas heladas aguas, recuerdo que un día fui microbio e hice el amor, extraña y exquisitamente, con multiformes seres y conmigo mismo también. Y parí un hijo, mío solo, que creció y dejo de ser, para ser dos. Hay sangre en la playa, los mares se unen, y yo regreso al inicio de todo.

14

Después de mi caída, me alejo con paso quedo de esta ensoñación agobiante, que me lleva a un vacío existencial, que me empuja a retornar a mi carrera frenética.

Encuentro un enorme río en mi camino, cruzado por un puente que cada 50 años derriban y vuelven a hacer, por imperfecciones inexplicables.

Es un negocio esférico, que no entiendo por qué, en este país de gente noble, nadie denuncia por su nombre. Dejo la autopista para admirar el agua correr con enormes trozos de hielo que viajan hacia el mar de donde vengo.

Con la mirada fija en el horizonte, asumo que ya no puedo correr por esta vida. ¿Será que solo puedo fluir, como el hielo, como espuma, como un pedazo de nada sobre el río de la existencia? ¿Es qué solo me queda fluir por este mundo? ¿Ser un diente de león flotando hasta el verano, esa hoja que traspasa el otoño y flota entre la blancura, ser el último copo de nieve que transmuta entre las flores?

Porque aquel fatídico día perdí la capacidad de asombrarme. Ya nada me sorprende, nada me entusiasma o me excita. Y así la vida tiene pocos sabores, el viaje tiene menos colores y la muerte pierde todo su encanto.

Solo pienso en fluir, fluir, fluir, por el río San Lorenzo fluir, hasta desaparecer, como si nunca hubiese existido, como si nunca hubiese pisado esta tierra que me cubre. Fluir, hasta aguas de nadie fluir, hasta desvanecerme en el recuerdo de todos.

*

"Yo creo que no debemos ir a esa marcha pendeja, aunque parezca justa. Podemos perder nuestra graduación por esos vergeos" dice Tulio, reflexivo.

"Yo les repito lo mismo que le dije a esos cabrones del Milla Selva cuando nos llegaron a sacar del aula: Una cosa es ser anti imperialista y otra ser unos revoltosos anarquistas. Si fuera una marcha pacífica uno va con gusto, pero ya se sabe como ha pasado en los últimos días, que al llegar al centro empiezan a quemar llantas, tirar bombas molotov y hasta a saquear negocios. A nosotros nos quieren para hacer bulto. Esos que demandan algo justo se convierten en una jauría de lobos que solo quieren pijeo," profundiza Ricardo.

"Bueno, hay un televisor pijudísimo en La Curacao que puedo aprovechar…" empieza a decir Ferro, interrumpido de inmediato por sus amigos "Serás pendejo," dice uno, "Te quiero ver," dice el otro.

"Estoy jodiendo majes… ya en serio, así como nos hemos escapado todos los años de los desfiles de la independencia, porque siempre hemos dicho que no hay ninguna independencia por lo cual marchar, de la misma forma estoy de acuerdo que a estos pisados hay que darles la espalda. Estos sólo quieren verguero y no verdaderas reformas en el sistema. Miren en ese libro de *La Perestroika* que me estoy leyendo..."

"Ya vas otra vez con el pinche libro ese" le interrumpe Ricardo, "llevas como tres meses leyéndolo y todavía no terminas, culero".

"Puta, no dejas hablar pendejo, el libro este explica clarito que el sistema comunista no funciona. Desgraciadamente no funciona, porque les juro que yo quisiera que funcionara. Porque además tengo un tío que anduvo por aquellas tierras, atrás de la cortina y te reafirma como un testigo fiel, todo lo que en el libro dice. Y a él le duele decirlo, porque él es socialista y hasta lo desaparecieron los chafas."

"No es publicidad Yanqui cabrones. Es simplemente incomprensible como el principal productor de cereales del mundo no tenga papel higiénico en sus baños. Eso lo dice mi tío y Gorbachov. El capitalismo es una mierda y todo lo malo que los marxistas dicen de él, es cierto. Pero las soluciones que los comunistas proponen son una mierda también. Para cambiar el puto sistema, tiene que haber sangre, verguero, revolución y muerte. ¡No puede ser!, tiene que haber otra manera" dice Ferro, el sociólogo.

"Ya te pusiste muy profundo maje. Aquí la decisión es bien sencilla. ¿Vamos a la puta marcha o vamos a jugar billar?" inquiere Tulio.

"¡A jugar billar, a huevos!," contestan al unísono Ferro y Ricardo, poniéndose de pie, tragando de un bocado la semita, iniciando la marcha desde la pulpería hacia ese lugar de sano entretenimiento, mientras terminan de chupar su respectivas Coca Cola en bolsa.

"Lo único malo del billar es que no hay culos. El maje de Tato va todos los sábados bien disciplinadito a la iglesia aleluya, sólo para ver qué culo levanta," relata Tulio, mientras caminan.

"¿No pretenderás que vallamos a la iglesia? Ya estoy a verga de Cristina reclutándome para esa mierda. Estoy por declararme judío. A los judíos nadie los intenta evangelizar. Las sectas están pudriendo el alma de este país. Se aprovechan de estos tiempos de confusión, de crisis de sentido. Mi madre tiene la teoría que todos estos grupos religiosos son invento de la CIA, para mantener sumiso y dominado al pueblo. Para que no reaccione ante tanta injusticia. Para que en lugar de actuar se dedique a rezar."

Y los tres cantan: *No, nooo, no basta rezar, hacen falta muchas cosas para conseguir la paz. No, nooo, no basta...*

"Puede que sea una exageración de mi progenitora, que se la pasa buscando complots universales. Bueno, hasta dice que Gorbachov debe de ser de la CIA también. Pero creo que en esto de las sectas, en buena parte es cierto. Es decir, no sé si la CIA los inventó, pero los panderetas promueven que seamos borregos en lugar de ciudadanos comprometidos. Yo por eso, cada vez que me invita Cristina le digo tajantemente que no," reflexiona Ferro.

"Si me deja besarle los cocos yo voy," dice Ricardo, el ofrecido.

"Por esas tetas le podemos vender el alma al diablo," sentencia Tulio.

"Bueno yo ya hice un pacto con Ricardo, así que no necesito vender mi alma a nadie más."

Y los tres cantan de nuevo: *es un pacto con Ricardo, es un pacto con Ricardo*, cambiando la letra de la canción de Ángeles del Infierno que en su versión original dice "Es un pacto con el Diablo."

"Maje, entre más lo oigo, más me gusta *Somewhere in time*. Está espectacular. El bajo de Harris es supremo. No entiendo cómo puede hacer todos esos sonidos al mismo tiempo. Con el dedo gordo va por un lado y con los otros dedos va por otro. Iron Maiden es el mejor grupo del mundo, sin duda. Igual las guitarras, no hay una primera o segunda, una que sea rítmica y otra que sea solamente el requinto como AC/DC. Se alternan. En *Live After Death* se mira clarito, y bueno con audífonos también se aprecia," dice Ferro.

"Parece que ya dejaste de sólo oír música y empezaste a escuchar, culero. Esa papadita de Eskorbuto que me pasaste está entretenida. Son simpáticos," responde Ricardo, el rockero.

"Querrás decir, el casete del grupo musical llamado Eskorbuto que te presté. Porque yo escorbuto no te he transmitido. Pico en la boca no te he dado, culero," dice riéndose Ferro.

"Ferrocarril Parado, sí que sos graciocito. Cuidado te descarrilas en este puño, marica," amenaza Ricardo.

"Bueno, ya déjense de tanto parloteo —interrumpe Tulio— y pónganse vivos con la mesa. ¡Miren!, allá al fondo hay una. ¡Agarren la bola blanca cabrones que nos la van a quitar!".

15

Monto nuevamente mi psicodélico automotor, pintado de púrpura con elefantitos amarillos fluorescentes. Dejo atrás este río, tan ancho, tan basto, tan harto cómo mis miedos y diviso enormes cúspides tan altas como mis deseos.

Manejando hacia las montañas, donde los pájaros azules pululan, veo morir a un alce al borde de la carretera. La escena me provoca la más absoluta indiferencia, entre el dolor de los viajeros que se estremecen con la imagen.

Me pregunto: ¿es qué acaso soy un ser inmutable que nada conmueve, es qué el hielo de estas tierras lejanas petrifica mi corazón, hasta llegar a una frialdad despiadada que aturde y empala, es qué tanto dolor curtió mi alma hasta vaciarla?

Tiempla la página, como si tuviese Parkinson, antes de pasar en esta encrucijada tiritante en la que debo reinventarme a mí mismo para tener algún paupérrimo futuro. Encrucijada agobiante como la que afronto en esta autopista incomprensible con salidas que se bifurcan, se separan, se escinden hasta formar árboles gigantescos.

Sin saber cuál camino tomar, grito, maldigo, blasfemo y al unísono trato de perfilar cuál será mi destino. Y quisiera encontrar una bola de cristal para ver 100 páginas adelante en el libro de mi vida.

Pero solamente alcanzo a ver la página que furtivamente se avecina, mientras me encuentro detenido en zona prohibida y salgo del auto a golpearme la cabeza. Irremediable, me cuestiono, si acaso viviré hasta el fin de mis días en este gigantesco pedazo de hielo que los franceses despreciaron por trocitos de caribe.

O regresaré anónimo a mi abismo olvidado. Olvidado yo y olvidado él. Ahí donde la luz posee a la noche y la oscuridad a la luz.

16

Un alma caritativa de Dios se detiene para mostrarme el camino. Salgo de esta maldita autopista convencional en busca de un sendero a la carretera fantástica.

Doblando la página o la esquina, ya no lo sé, encuentro un pequeño cementerio. Contengo la respiración y pido un deseo, pero un semáforo corta de tajo mi ilusión.

Alcanzo a divisar algunos nombres sobre las lápidas y mediante una secreta codificación, que se revela a mí por el golpe de un claxon en mi oreja, comprendo una verdad incuestionable: ¡La poesía está muerta! Nada más nos quedan palabras de fantasmas, que se arrinconan en cajones y en memorias cibernéticas.

¡Sí, la poesía está muerta! Pero igual que muchos otros, aprendices de poetas, persisto con esta obcecada terquedad, esta adicción enfermiza de conducir contra palabra a 100 km por verso, de flotar contra corriente con mi poesía cinética.

17

Mientras me aproximo a agrestes montes decorados con olor a pisos limpios y blancura segadora, alimento mi espíritu, mi corazón y mi alma con canciones podridas en purgatorios digitales.

Alimento mi esencia con canciones putrefactas repletas de furia, rencor, y fragmentos de mentira, colgadas en algodones de azúcar *desde* y *en* lejanas edades. Porque el ayer es un momento y también un lugar.

Este espacio apestoso en el que ahora escribo no será el mismo mañana, porque el momento define el lugar, y el lugar define el momento, en una incestuosa relación. Nada es inmutable, ni siquiera mi amor, mucho menos mi amor, que mañana puede ser menos o más, tornarse rojo o brotar en azul. El amor es una energía y como energía no desaparece, solo se transforma.

Por eso, siempre he pensado que los mejores poetas son los físicos cuánticos, eternamente imaginando imposibles. El paisaje que transito cambia en cada micro segundo, en cada palpitar, en cada parpadeo, en cada protón que explota, en cada electrón obsesionado por su núcleo.

En esta mutación perpetua, esta transformación perenne, sospecho que mis últimos ídolos le han vendido el alma a Belcebú. Realizo entonces que me quedan pocas cosas en las que creo, pocos ideales, teorías o paradigmas, humanos o algún ser etéreo.

Tras esta reflexión que acompaña esta evolución sistemática, presiento que debería empezar a creer en mí mismo.

¿Pero acaso no empezó esta carrera tratando de contener mi enfermiza megalomanía? Quizás Nietzsche tiene razón y todo es un maldito círculo, pero un círculo que gira y gira sin descanso dentro de nosotros.

*

Nuevamente Carmen se enfrenta a la interrogante sobre la autoría de los escritos que tiene frente a ella. La poesía que ha leído es claramente obra de don Adrián, por conceptos e ideas que en definitiva de alguna forma le escuchó decir.

Los diálogos adolescentes traspapelados en medio de los escritos, haciendo un contraste brutal entre el lenguaje poético y la jerga de la calle que supone su padre intentó atrapar en esos párrafos, parecen también referidos a la juventud de su progenitor.

Encuentra también algunas referencias a los lobos, como grupos de interés que evitan el consenso, grupos que cuidan sólo la manada evitando el progreso, condenando a la pobreza a muchos por el beneficio de unos pocos, o que usan el caos como estrategia de búsqueda del poder. Esa misma metáfora ella misma utilizó antes en diversos escritos, y la usó en su momento en sus obras literarias su abuelo y su bisabuelo.

Sin embargo, identifica, otra vez, en el último grupo de documentos con clips azul, elementos que le son extraños, sobre todo por el profuso detalle de la ciudad capital de su país natal.

Es cierto que su padre y madre vivieron un tiempo en ese caótico lugar, pero la profunda conexión entre autor y ciudad que empieza a vislumbrar en las primeras páginas de estos relatos y el pormenorizado detalle que hay sobre la profesión periodística, le hacen dudar de nuevo si el autor del escrito es don Adrián o este periodista, que luego se convirtió en consultor, que viajó a Montreal a realizar un doctorado y que conoció a su progenitor, de tal forma que logró contar la historia de su familia, como si fuese la propia.

Después de unos minutos de lectura, cerró de golpe este nuevo grupo de relatos. "Esto es otro libro", exclamó en voz alta, sin importarle que nadie podía escucharla. Luego guardó en la tercera gaveta del archivo gris aquellos manuscritos y cerró también con llave la puerta del estudio. "Volveré mañana, papá", dijo otra vez, iniciando un diálogo que continuaría el resto de su vida.

UNIÓN
EDITORIAL
CENTROAMERICANA

Impreso en Estados Unidos
para Casasola LLC

Primera Edición

MMXXIII ©

XVIII.X.MMXXIII